Wanda Marasco

Am Hügel von Capodimonte

Roman

Aus dem Italienischen von
Annette Kopetzki

Paul Zsolnay Verlag

Die Originalausgabe erschien erstmals 2017
unter dem Titel *La compagnia delle anime finte*
im Verlag Neri Pozza, Vicenza.

Marguerite Yourcenar, *Die schwarze Flamme*. Mit einer
Anmerkung von Marguerite Yourcenar. Aus dem Französischen
von Anneliese Hager, René Cheval und Bettina Witsch

Die Übersetzerin dankt dem Deutschen Übersetzerfonds
für die Unterstützung ihrer Arbeit an diesem Buch.

1. Auflage 2018

ISBN 978-3-552-05902-3

Satz: Eva Kaltenbrunner-Dorfinger, Wien
Autorenfoto: © Leonardo Cendamo
Umschlag: Anzinger und Rasp, München
Foto: © Piergiorgio Branzi/Contrasto
Druck und Bindung: Friedrich Pustet, Regensburg
Printed in Germany

MIX
Papier aus verantwortungsvollen Quellen
FSC® C014889

Für Elio,
Dichter und enger Freund

Für die Poesie
mit Wirklichkeitsinsistenz

Wer könnte so verrückt sein und sterben, ohne sich wenigstens in seinem Gefängnis umgesehen zu haben?

Die Waise wusste, dass ihre Eltern, indem sie den römischen Entartungen den Rücken gekehrt hatten, nur noch weiter auf einem Weg fortgeschritten waren, der nicht in den Himmel führt.

Marguerite Yourcenar, *Die schwarze Flamme*

Sie hieß Vincenzina Umbriello und hatte diesen Namen wie einen Donnerschlag in die Wohnung im Vico Unghiato 53, dritter Stock, gebracht.

»Trink, Ma, trink.«

Meine letzten Worte an sie, während ich mich abgemüht habe, ihr einen Strohhalm in den tauben Mundwinkel zu stecken. Doch jetzt beobachte ich sie verstohlen. Betrachte die Spuren aller abgeschlossenen Handlungen auf dem Körper. Den hart gewordenen Zuckerklumpen, der seit dem letzten Frühstück auf dem Lätzchen klebt, die Zehenspitzen, wie eingezogene Krallen unter die Bettdecke gemeißelt, die Kante der Schlüsselbeinknochen, vielleicht noch lauwarm, das Licht im Zimmer, das ohne rechten Schwung einige Staubteilchen anwerben muss, der verbreitete Einbruch panischen Schreckens über dem Körper, mit dem sie gelebt hat, die Schneidezähne, die mit einem kleinen gelblichen Saum vorstehen, die zu einer vollendeten Stille verstrickten Haare, die mit einem undurchdringlichen Sprühregen gefüllten Augen, die zwischen zwei Hautrinnen eingezwängten Lippen, die im Stillstand versunkenen Hände, eine ausgestreckt, die andere leicht gekrümmt, wie nach einem misslungenen Zugreifen.

»Ma, ich muss dir was sagen.«

Ich bin es nicht, die spricht. Es ist die Angst. Zwischen ihrem und meinem Körper wechselt ein erschreckter Atemzug.

»Eil dich, ich sterb.«

Vielleicht hat sie es nicht bemerkt. Sie hat nicht gespürt, dass sie schon tot ist, dass sie mir aus einem Blätterbett antwortet, dass ihre Stimme unter die Fliesen gleitet und wie ein abgeschnürter Hauch an der Wand wieder aufsteigt.

»Ma ...«

»Hä ...?«

»Ich habe Angst.«

»Ja, und? Red, mach schnell.«

Sie hat es nicht bemerkt. Auch nicht, dass ich mich ans Fenster setze, einen Meter vom Bett entfernt. Dass ich noch immer ihren Körper betrachte, die Ebene der Stirn, das Grau und Blau in den Augen, dann diese andere Art von Weiß, Alabaster und Gips.

Auf dem Körper ist das Muster der Gassen zurückgeblieben, durch die wir gemeinsam gegangen sind, Basso für Basso, ebenerdige Wohnlöcher.

»Ich fange hier an, Ma, bei der Fensterscheibe ...«

Ein alter Herbst auf der Bühne.

Da ist eine Imaginationslampe, die ein Band um die Gasse und das Haus windet. Die Atome des Tuffsteins haben den Weg von den Höhlen unter der Stadt bis zum Straßenpflaster zurückgelegt und eine Spirale aus Geistern und Spatzen bewacht. Die Hälfte der Fensterscheibe ist Meer. Wasser, das zwischen dem Vulkan und dem Golf in einem Graben hockt. Man sieht die Handelsschiffe mit ihren schwarzen Flanken, das Heck zum Horizont gewandt, den Bug zu den Marktständen am Kai. Die andere Hälfte der Scheibe malt die erstickte Enge der Palazzi und des Straßenpflasters. Dann steigt der Hügel mit den alten Häusern an, Schritt für Schritt gefolgt von der Himmelskappe. Auch unser Haus ist alt, wie die anderen im Vico. Stadtvillen, von Adeligen und Ärzten, zum Schutz vor der Schwindsucht erbaut, um hier frische Luft zu atmen. Ich habe es immer als imaginäres Haus empfunden, das angestrengt über den Grotten des Miradois-Hügels und der Via dei Cristallini schwebt. Wie die anderen, die mir mitsamt der Treppen und Gärten in den Knochen stecken. Dies ist die richtige Zuweisung, damit meine Mutter zuhört, jetzt, da sie tot ist. Dies Wiedergutmachen eines Schadens von einem Lebewesen am anderen. Bis hin zu ihrem Bett. Das aus Tuffstein besteht, mit Spuren von Schlamm, versteinerter Petersilie, Knoblauch und Zwiebeln, Früchten aus Terrakotta, zu ihren Füßen abgestellt. Hilfsmittel, die zu einer erdachten Form der Nahrungsvorsorge zwischen Lebenden und Toten gehörten.

Sie geht die Stufen der Centoscale hinunter, die Augen auf den Boden geheftet. Da sind Schnecken, die am Mauerwerk kleben, und über ihrem Kopf schwebt eine Säule aus niedrigen Wolken. Ich komme sofort zurück, sorgt euch nicht, hat sie zu mir und meinen Geschwistern gesagt, bevor sie ging. Sie wird nicht sofort zurückkommen. Sie muss auf der Spirale der gewundenen Rampe und über die Gassen gehen, sie muss die barfüßige Frau sein, wenn ihr ein Absatz bricht, die Fässchen vor den Kellern streifen, an den Nischen mit Heiligenbildern stehen bleiben, ins Gesichtsfeld der Esel vor den Obstkarren kommen, an den Ecken verlassener Kreuzgänge abbiegen, unter Körben hindurchgehen, die an Balkonen hängen, ihre Fußsohlen den Serpentinen der Gassen anpassen, viele Kreise um die Gräben in den Leisten der Stadt ziehen. Sie muss den Lockrufen der Marktschreier widerstehen, der Lust, ein Huhn zu stehlen, das aus einem Basso weggelaufen ist, der Versuchung, sich etwas aus den vollen Körben zu schnappen, heftig auf eine Beleidigung oder ein schlüpfriges Kompliment zu reagieren, sich auf den Rand des ausgetrockneten Brunnens zu setzen, um auszuruhen und begehrliche Blicke auf die hauchdünnen Unterröcke zu werfen. Sie muss sich in Hitze reden, wenn sie Rabatt fordert, sich in den Schatten unter dem Bogengang stellen, aus einem Fondaco-Gewölbe herauskommen, das den Weg abkürzt, alles Nötige einkaufen, durch einen obszönen Gesang und eine Prozession qualmender Kerzen im Vico dei Cristallini hindurchgehen, keine Miene vor einem Bettler verziehen, der ihr den Weg versperrt, sagen, ich habe nichts, oder nichts sagen, doch mit zusammengebissenen Zähnen fluchen, *»stu muorto 'e famme, iesse a fatica«*, soll er doch arbeiten gehen, der Hungerleider, und mit der Last der vollen Taschen wieder hinaufsteigen, Sardinen, Kartoffeln, Obst, Zwiebeln, Knoblauch, alles, was ernährt und ihr von Zeit zu Zeit einen Seufzer entlockt, nach oben, zur Steigung hin, die sie noch zurücklegen muss, bevor sie zu Hause ankommt.

Ich gehe hinter ihr her und entdecke nach und nach das Mitleid. Mit mir und mit ihr. Mit diesen Mauern längs der Treppengassen, die Flanken der Berge waren, mit den Rissen, den Gärten, den Nattern, den Felswänden, den Grotten. Meine Mutter geht mit einem geheimnisvollen Schritt. Sie weiß, dass unter den Pflastersteinen die antike Stadt liegt. Den Eingang hat sie mal gesehen, im Basso von Sisina, der Schmugglerin, die im Vico dei Cristallini Nummer 133 wohnt. Ich war auch dabei. Sisina öffnete eine hinter dem Kopfende des Bettes versteckte Tür.

»Schaut, Vincenzì, da ist eine Treppe ... Mir macht die Angst. Nur der Hausbesitzer und die von der Stadtverwaltung sind runtergestiegen. Er sagt, irgendwann fangen sie an zu graben, denn hier unten gibt's viele Höhlen, die reichen bis nach Capodimonte ... Da sind Tote, Vincenzì ...«

Es war ein Loch, bedeckt mit tausendjährigem Staub. An den Wänden im Eingang hielt Sisina alte Nachttöpfe und Besenstiele bereit. Meine Mutter spähte energisch ins Dunkel, aber sie sah keine Knochen und traurige Gräber. Nachdenklich flüsterte sie: »Macht die Tür zu, Donna Sisì, hier kommen die Ratten hoch.«

Doch auf dem Heimweg sprach sie nicht und hielt die Augen öfter als sonst am Boden, auf jeden Lichtschimmer achtend, der durch die Risse zwischen den Pflastersteinen dringen mochte.

Ich malte mir aus, dass Fensterchen, Haustüren, Straßenpflaster, Bögen, Balkone, Marktstände, Waren, Menschenmengen, Dreck, Diebe, Händler, Bassi und Palazzi zusammen mit unseren Fußsohlen das Dach einer unter der Erde versteckten Stadt bildeten.

Das Feuer. Jetzt beobachte ich meine Mutter, die inmitten von Flammen zum Markt hinuntergeht. Die Morgensonne hat sie mit diesem Ring aus Feuer umgeben, und sie ist zu einem Schatten geworden, den ein starkes Licht umrahmt. Vielleicht ist es nicht mal ein irdisches Licht. So sehe ich sie und folge ihr bis zu den Töpfen und Tellern des letzten Marktstandes.

Im Untergrund der Stadt bin ich als kleines Mädchen gewesen, in der vierten Grundschulklasse. Unser Lehrer Nunziata war einer, der gerne den Führer auf Schulausflügen machte. Damals gingen wir in die Hypogäen an der Via Cristallini. Eine Reihe Mädchen, die andere Reihe Jungen. Annarella, meine Banknachbarin, hüpfte fröhlich, als ginge sie über eine ganz normale Straße. Die beiden Cerasuolo, der Abschaum des Vico und der Schule, spuckten auf den Boden und hoben den Mädchen die Röcke. Nunziata, lang und dürr, ging allen voran und spielte uns das große Abenteuer vor. Er fuchtelte mit den Armen, damit das Drama, das er erzählen musste, über unseren Köpfen erhaben und frevelhaft geriet. Ein verzückter Mann mit hagerem Körper, den schlotternden Kleidern des einsamen, schrulligen Lehrers und einem Bauerngesicht, das die dramatischen Züge eines irren Zauberers annahm, wenn er erklärte. Seine kurzen, dünnen Haare waren nach deutscher Art geschoren. Jede Unterrichtsstunde endete mit einer Phantasterei, die den Verdacht weckte, er hätte bis zu diesem Moment bei allem, was er vortrug, gelogen. Als wir zu den Löchern kamen, die er Zimmer nannte, sagte er, wir sollten vorsichtig sein und nichts anfassen.

»Was denn anfassen, Maestro, hier gibt's doch nur Staub!«

»Cerasuò, das ist die Geschichte, verstehst du? Die Geschichte!«

Angiulillo Cerasuolo verstummte, weil der Lehrer den Drohfinger um seine Nase kreisen ließ, und weil er eine besondere Begabung dafür hatte, nach jedem Tadel wieder in ein Schattendasein zurückzukehren. Angiulillo konnte alles Erdenkliche tun, ohne sich erwischen zu lassen. Nunziata blieb vor den in den Tuffstein gehauenen Betten stehen und fing an zu erklären. Er sagte, dass wir hier elf, zwölf Meter unter der Stadt standen, auf einem anderen Boden, und dass alles nach einer großen Überschwemmung begonnen hatte. Der Schlamm war über die Bogengänge, in die Zisternen und Tempel geflossen. Weil alles verschüttet worden war und eines Tages wieder ausgegraben werde, sei eine Art übernatürliches Schicksal entstanden. Wir steckten mittendrin. Man müsse dieses Schicksal akzeptieren und ihm zuhören, als öffnete die Erde das Bewusstsein.

Die heiligen Gegenstände hatten sie in die Wiegen gelegt, die mit Stofffetzen und Strohschichten ausgekleidet waren. Das Dröhnen war von oben gekommen, wie eine Aktivität der Erde, die versinkt. Nunziata kalkulierte ungerührt: Es hatte genug Zeit gegeben. Um den Leichnam des Mädchens im Trauerzug bis zum Grab zu tragen. Der Erdrutsch, der bei jedem Gewitter vom Berghang bei Capodimonte herunterkam, verhielt sich so wie jedes Jahr, wurde langsamer zwischen zwei Felswänden und grollte heftiger, wo er nicht auf Hindernisse und Ebenen stieß.

Nunziata war verrückt. Wir mussten uns das tote Mädchen vorstellen, den Esel, der mit geschlossenen Augen den Weg fand, und die Erde, die Bäume und Tiere mit sich gerissen hatte. Er sagte, der Erdrutsch habe beim Hinabstürzen unermesslich große Schatten auf dem Hang geworfen und sei im Tal der Toten, das jetzt Piazza dei Vergini heißt, zum Stillstand gekommen. Auf dieser Ebene in Form einer Sonne mit einem Strahlenkranz aus Gassen habe er Nekropolen und Märkte unter sich begraben, dann die in Scharen aus den Tempeln fliehenden *Femminielli*, die »keusche Männer« genannt wurden. Alles verschüttet unter dem Schlamm, der innerhalb weniger Tage hart wurde, weil niemand die in die Zisternen und in jede Senke eingedrungenen Schlammmassen rechtzeitig wegschaufeln konnte. Doch der Trauerzug hatte es geschafft, den Leichnam und die Grabbeigaben an ihren Platz zu bringen. Er zog in Richtung der Cristallini, auf einer Straße, die damals sicherer Boden war. Zum Glück floss der Schlamm langsam in zwei Abwasserrinnen. Der Zug folgte dem Esel. Wenn das mit Efeu und Rosen geschmückte Tier vorüberging, reihten sich die Klageweiber ein und riefen die Vokale des Leidens aaah, uuuh, oooh. Dann schlugen sie mit den Händen auf den Polster mit den Götterbildern, und ihre Wehklagen liefen wie die Betonungen eines Gedichts von den hellblauen Bordüren bis zum großen Zeh des Mädchens. Der Lehrer übersetzte eine Inschrift, die in eine Kalkschicht an der Wand graviert war. Auf seine Weise, denn es waren viele Buchstaben, aber er reduzierte sie auf wenige

Wörter. Ein Vater hat sie geschrieben. Er verflucht alle, die versuchen werden, seiner Tochter das Grab zu rauben. Die Cerasuolo flüsterten: »*Gagliù*, hier stinkt's nach Pisse!« Annarella kniff die Augen zu zwei Schlitzen zusammen. Das Zeichen, dass sie eine Teufelei im Sinne hatte. Kaum hatte Nunziata sich wieder an die Spitze der Schülerreihe gesetzt, legte sie sich auf das steinerne Bett, um es ordentlich zu schänden, und warf mir die erste Frage dieser Geschichte an den Kopf.

»Traust du dich hier reinlegen?«

Nein, so mutig war ich nicht. Aber zu Hause ging mir das bis zum Sonnenuntergang nicht aus dem Sinn.

Bei jedem Sonnenuntergang sagte meine Mutter: »In die Heia, es ist Nacht.« Und schickte uns wie Kleinkinder ins Bett. Ich legte mich hin und musste glauben, dass es Nacht war, weil sie die Zeit und das Atom der Schöpfung lenkte. Sie schloss die Fensterläden und ging. In jener Nacht träumte ich von dem geheimen Durchgang, in dem das Dunkel und meine Mutter ein und dasselbe waren.

Ich ging unter den gewölbten Decken der Nekropole. Vor mir war Nunziata, der zu einer unsichtbaren Kinderschar sagte: »Verlauft euch nicht, bleibt beieinander!« Aber nur ich war da. Plötzlich verschwand Nunziata in einem kleinen Stollen. Den porösen Schatten erkannte ich sofort. Sie war winzig, mit gewellten Haaren. Sie ging mit ihren Einkaufstaschen an der Mauer entlang.

»Ma, was machst du hier unten?«

»Einkaufen.«

»Lass uns gehen.«

»Nein. Ich brauche Tomaten, Mandarinen und Kartoffeln.«

»Aber die gibt es hier nicht.«

»Doch, doch, die gibt's hier ...«

Meine Mutter drehte sich zu einem verschütteten Marktstand um, den der Staub umhüllt hatte, bis er zu Stein geworden war. Die Öllampe flackerte munter, Granatäpfel, Weintrauben und Quitten lagen ordentlich aufgeschichtet in den Körben.

»Rühr dich nicht vom Fleck, ich komm dich gleich holen.«

Dort unten habe ich den geheimen Durchgang vom Leben zum Tod genau gesehen. Es war Vincenzina Umbriello auf der Suche nach Lebensmitteln und Licht.

Vreau să-mi spui,
frumoasă Zaraza,
cine te-a iubít.
Câti au plâns nebuni
după tine
si câti au murít ...

Carmen ist ihre rumänische Pflegekraft. Sie hat ihre Hand gehalten und ihr dieses Lied in Draculas Sprache zugeflüstert. Nach dem gespenstischen Gesumme setzte meine Mutter ein unpassendes Lächeln auf. Die Augen machten sich selbständig, ein schiefer Blick von mir zur Pflegerin. Als sie starb, lag noch Aktivität am Grund ihrer Augen. Vielleicht hat sie versucht, Draculas Sprache zu imitieren, mit Vokalen als schleifendem Umhang und stockenden Heulern. Auch sie murmelte das Lied und hinterließ einen Nachahmungsatem in der Luft.

Vreau să-mi dai gura,
dulce Zaraza,
să-ma imbeti mereu.
De a te sarutare, Zaraza,
vreau să mor si eu ...

Ich weiß, wohin ihr Atem geht. Zurück, in das verirrte Wasser der ländlichen Gegend, wo sie geboren ist, und dann auf die gepeinigten Stellen ihres Körpers.

»Signora versteht nicht meine Sprache. Ich erkläre. Lied

ist von betrunkenem Mann. Geht so: Ich will, dass du mir sagst, schöne Zaraza, wer dich geliebt hat, wie viele für dich geweint haben und wie viele gestorben sind. Ich will, dass du mir deinen Mund gibst, süße Zaraza, um mich immer zu berauschen. Von deinem Kuss, Zaraza, will auch ich sterben. Schön, nicht? Signora ...«

Sie hört sie nicht, das weiß Carmen, aber sie spricht mit dem Tod.

»Signora gut zu mir. Ich nie vergesse. Sie hatte Schmerz, besser so ...«

Die Worte, die ein wenig Erbarmen aussenden. Sobald ein Gespenst das Mitleid eines anderen erkennt, ernährt es sich davon.

Carmen geht zur Kommode und holt die Totenkleidung aus der obersten Schublade: ein Nachthemd, ein Paar Strümpfe und eine weite Unterhose. Alles im reinsten Weiß. Das Weiß, das nötig ist, damit die Schatten sich scharf abzeichnen. Manchmal holte meine Mutter die Sachen hervor. Wusch und bügelte sie, um sie dann zum Abwarten an denselben Platz zurückzulegen. Carmen beginnt, sie auszuziehen. Ihre Gesten sind flink und sicher wie das eilige Ankleiden vor dem Auftritt auf der Bühne. »Ich helfe dir«, sage ich. Und stürze mich mit gezügeltem Entsetzen auf die Kleider. Da ist sie. Die wirkliche Mutter. Die sich selbst misshandelte, indem sie ihre Kinder aus Hysterie und Angst schlug. Ich frage mich, ob diese chronischen Zustände meiner Mutter jetzt zu der Demütigung zurückgekehrt sind, die sie hervorgerufen hat, und ob sie mir jetzt aus einem ausgedienten Kummer zuhören werden.

»Ich hebe Kopf und Schultern und Ihr Füße.«

Das Nachthemd muss bis zu den Schienbeinen glatt herabfallen, ohne Falten im Rücken und Knitter im Spitzenbesatz.

Es riecht nach Talkumpuder. Sie und die Spitzen. Carmen pudert ihre Achseln, Leisten und Füße. Sie tut es hastig, drückt den Puder in die Vertiefungen des Körpers, wie beim Füllen einer Roulade. Der Geruch fällt zu Boden, und das Gebärdenspiel bricht ab, weil ein anderes beginnen muss.

»Ich bereite Mutter vor, nehme Kamm und Puder für Gesicht.«

Carmen färbt ihre Augenhöhlen rosa. Sie toupiert die Haare und presst sie zu einer Wattemasse zusammen. Das Weiß des Nachthemds ist zur Distanz geworden. Ich sehe mir Vincenzina Umbriello genau an. Jetzt hat sie das Gesicht einer alten Geisha. Ich kann sie in einzelne Teile teilen, sie kräftig schütteln oder mich neben sie legen, um ihr von meinem Schrecken zu erzählen. Ich habe Angst, sage ich zu ihr. Mich ängstigt und fasziniert das Porträt, das ihr Körper malt: die altmodische Brust, liliengleich durch eine blasse Stelle zwischen den Brüsten, der Mund ohne den leisesten Atemhauch, der Bauch zwiebelfarben, die Füße weit weg und die Hand mit der Lebenslinie wie ein langer Kratzer.

»Jetzt gehe ich Zimmer saubermachen für Schwestern und Bruder. Sie haben telefoniert, kommen morgen an. Signora will ein bisschen allein sein?«

»Ja, Carmen, danke.«

Das Zimmer nimmt die Zeichen ihres Vorübergehens an. Meine Mutter steht auf und durchquert die Fensterscheibe wie ein schüchterner Mensch, der an seinen Platz zurückkehrt. Wolken am Himmel und ein Spatz auf einer Wäscheleine, der den Hals verdreht, um sie zu beobachten. Meine Mutter hat aufgehört, ein regloser Körper zu sein, und presst eine Art Energie in den Himmel von Capodimonte. Ich bin es, die sie drängt, die ihre Schritte auf der abschüssigen Gasse und auf den Treppen zählt.

»Ma, es tut mir leid, es tut mir leid …«

Die Geschichten werden den Körper verlassen, weil sie von einem zum anderen Lebewesen vordringen müssen wie eine Rückgabe und ein Hinterhalt. Wenn Vincenzina Umbriello sie mir erzählte, hatten sie einen ideologischen Ansatz, denn sie stand immer aufseiten derer, die über die Sorgen und das Schicksal eines Hauses entschieden. In ihren Märchen gab es runzelige alte Weiber und Tiere, die mitten auf dem Land oder in einem ärmlichen, dunklen Haus menschliches Sprechen und Denken nachahmten. Wenn sie gekommen wären, hätten sie unser Essen gegessen und unseren Schlaf geschlafen. Jeder Figur verpasste meine Mutter einen Mut und eine Angst. Tödliche Wesen waren es nicht. Drachen mit sieben Köpfen, Hunde mit Löwenschwanz, gigantische oder millimeterkleine Mäuse, Ziegenböcke, Tauben und Ochsen. Sie tauchten hungrig am Rand unserer Kochtöpfe auf, nachts konnten sie kommen, um an unseren Füßen zu nagen oder uns an den Haaren zu ziehen. Manchmal erschien auch sie in den Märchen. Dann sah ich sie den wildesten Tieren den Kopf abschlagen und den schwächsten Geschöpfen einen kleinen Käfig mit Trinknapf und Schlafplatz bereiten. Doch jetzt ist sie tot, und diese Tiere sind verschwunden wie die Tage, an denen sie unglücklich war.

Ich gehe zum Sekretär. Das geheimnisvolle Möbelstück

der Wohnung. Meine Mutter hat mir immer verboten, ihn zu öffnen, weil er wichtige Papiere enthält und das Kästchen mit dem Gold. Trotzdem habe ich es in meiner Kindheit drei oder vier Mal getan, wenn sie einkaufen ging. Mir klopft das Herz bis zum Hals, als ich den Sekretär öffne. Schwarzbemaltes Nussbaumholz mit intarsierten Akanthusblättern und geschnitzten Löwenköpfen. Im Inneren gibt es Geheimtürchen ohne Griff, sie öffnen sich, wenn man auf den Boden der darüber liegenden Schublade drückt. Das erste Aufschnappen, das zweite. Notarielle Urkunden, alte Röntgenaufnahmen, ärztliche Befunde, wenige Fotos. Kein Gruppenfoto der Familie, auf jedem Bild nur eine Person. Lisa, Nando und Giulietta, meine Geschwister. In den Rahmen sind wir alle erdig, mit staubigen Sandalen, auf die Pflastersteine des Vico oder die Teerpappen einer Dachterrasse gestellt. Die Gesichter dagegen laufen auf einen abstrakten, eingeschüchterten Ausdruck hinaus. Ein paar Kratzer auf der Oberfläche. Das Schwarzweiß der kurzen Hosen, gezwungen das Lächeln, weil der Fotograf es befahl und es widerwillig herauskam. Lisa mit den Perlenzähnen, Nando, bevor er die dicke Nase der Maiorana bekam, der Familie meines Vaters, Giulia mit Zöpfen und blätterförmigen Augen. Ich im Rohzustand eines schmollenden kleinen Mädchens. Die Brieftasche meines Vaters. Braunes, an mehreren Stellen gerissenes Leder. Das kleine Porträtfoto fällt wie ein welkes Blatt zu Boden. Auf der Rückseite steht geschrieben: *Für Rafele, Oktober 1947.*

Zu der Zeit war sie noch nicht meine Mutter. Sie war achtzehn, am Finger einen glatten Ring, die Hand drückt Zweige eines Pfirsichbaums beiseite, damit sie den Rahmen bilden, in den sie sich stellt. Diese Natur tat ihr noch nichts zuleide. Sie malte die schmale Gestalt zwischen die Bäume, die welligen Haare, den Glockenrock und die Bluse aus Kunstseide. Meine Mutter lächelte. Das Frauenlächeln vor einem sprechenden Spiegel. Ich habe es einmal auf dem Gesicht einer blinden Pianistin gesehen, ein bisschen schief, die Mundwinkel nach oben gezogen, als nötigte sie ein ferngesteuerter Draht, alle Härten der Welt zu verscheuchen.

Der Spiegel, für den das kleine Porträt bestimmt war, hieß Rafele, Rafele Maiorana, der Vater, der mich zeugen würde, indem er über ihr buckelte.

Es ist ein Schwarzweißfoto, aber meine Mutter kommt aus der Körnung des Fotopapiers heraus und nimmt Farbe an. Die Augen blaugrau mit grünen Spänen. Dreifach und verstört, wenn sie sich auf die Fliesen warfen, um den epileptischen Anfall aufzuführen. Das tat sie gegen den abwesenden Rafele und gegen die Kinder, die sie aufzehrten. Lisa lief ein Glas Wasser holen, Nando hielt ihre Hand. Und ich hasste sie. Ich hasste die Vehemenz des Körpers und des Jammerns. Blieb abseits stehen, um sie zu betrachten, ungerührt, während sie ihre Kinder mit einem Reigen aus Zittern und Heulen ängstigte. Am Ende jedes Anfalls sprach die Seele.

»Basta, ist vorbei ... Noch bisschen Wasser ... Da habt ihr Angst gekriegt, was? Ist aber vorbei. So was passiert. Was wollt ihr, soll ich sterben, wollt ihr das?«

Jetzt hätte ich sie wiedererweckt, diese falsche Seele meiner Mutter hätte ich wiedererweckt bis zu einem unterirdischen Übergang.

»Ma ...«

»Was?«

»Verzeih mir.«

»Was ist? Stör mich nicht, gibt viele Dinge zu erledigen …«

Sie hat mir mit der Sorge um die Dinge geantwortet, wie immer, wenn sie den Geist in Fälligkeiten und Hausarbeiten steckte.

»Wäsche muss ich waschen. Kochen muss ich. Muss die Gasrechnung bezahlen. Was hast du da in der Hand? Zeig her.«

Die Geschichte hat sich aufgetan. In dem kleinen Porträt. Von jetzt an höre ich sie in der Luft von Capodimonte, wo meine Mutter sich zu den großen und kleinen Tuberkulosetoten gesellt hat. Zwischen den Wolken reden sie mit ihr: »Uns hat diese Luft keine Heilung gebracht. Und Euch? Von welcher Krankheit seid Ihr?« Als wäre die Krankheit ein Ort, aus dem man stammt, oder der richtige Name für die Menschen, die hier geboren sind und gelebt haben.

Das Leben meiner Mutter begann in Villaricca, einem Landstädtchen, wenigstens bis zu den fünfziger Jahren, wo man im Winter die Tür gegen den Wind und den Donner verriegelte und um ein Kohlebecken zusammenrückte. Bei ihrer Geburt hatte sie weiße Haut und helle Augen, sodass die Gevatterinnen, die zu Besuch kamen, ausriefen: »Adelì, hast ja ein Püppchen geboren!« Es gab schon fünf Schwestern und drei Brüder im Haus. Zu viele in dem einzigen Raum, der ihre Wohnstatt war, zu viele, als dass das kleine Porträt mehr als einen komplizierten Frieden hätte versprechen können. Das Lächeln der Geblendeten hat die Liste der Gräuel, so wie sie sie erzählte, nicht ausgelöscht: die verfaulten Kürbisse, die Würmer in den Früchten, die Pisse der Kühe, die

Wut der Mutter Adelì, die heiratsfähigen Schwestern, die abscheulichen Brüder und die Laster von Biasino. Im Kopf meiner achtzehnjährigen Mutter herrschte die Angst vor den Maiorana, einem heruntergekommenen Adelsgeschlecht: Ennio, Chirurg, Lisa Campanini, Aristokratin aus Monteforte Irpino, Tante Moira, eine alte Jungfer, Onkel Fabrizio, Anwalt, Onkel Berto, Arzt, die Zwillinge Leopoldo und Rafele, der eine Lehrer, der andere Buchhalter. Als die Sonne dieser Geschichte noch voller Hoffnung war und einen Plan hegte, hatte Vincenzina Umbriellos Blut, vermischt mit dem von Rafele Maiorana, schon alle Spuren des Lebens vorgezeichnet.

Es regnet stark in diesem März 46.

Dienstmädchen und Näherinnen aus den umliegenden Ortschaften kommen in Neapel an. Sie steigen aus dem Bus und laufen an den Hausmauern entlang, um sich unter den Simsen vor dem Regen zu schützen.

Meine Mutter ist den älteren Schwestern Maria und Italia in die Stadt gefolgt. Maria hat einen Arbeiter der Tabakfabrik geheiratet. In Neapel arbeitet sie als Köchin bei einer wohlhabenden Familie in der Via dei Mille. Italia arbeitet in einem Internat oberhalb der Salita Pontecorvo. Sie ist so etwas wie eine Sekretärin, kontrolliert das Haushaltsbudget und teilt den Waisenkindern das Essen und die Wäsche aus. Meine Mutter arbeitet als Hausmädchen bei der Familie Parascandolo in der Via Duomo, die einen Laden mit Brautkleidern hat. Es gefällt ihr überhaupt nicht, in der Wohnung eingesperrt zu sein und von morgens bis abends sauberzumachen. Sie freut sich, wenn man sie auf den Markt schickt. Dann zieht sie sich schick an, trägt Lippenstift und rosaroten Puder auf und schlendert mit dem Gebaren einer Dame an den Marktständen vorüber. Sie weiß, wie das geht: Sie muss ihre Padrona nachmachen, die immer Distanz wahrt und ein Ausrufezeichen im Gesicht trägt, wenn sie die Ware betrachtet. Aus Angst vor Dieben steckt sie sich das Geld in den Büstenhalter. Wenn es ans Bezahlen geht, holt sie die zusammengerollten, warmen Scheine heraus. Einmal riecht ein Fischhändler daran und sagt: »Wie Ihr duftet, ein Glückspilz, wer Euch kriegt!«

Sie hat sich mit den Einkaufstaschen in der Hand unter das Fenster einer Schneiderei gestellt, aber das Vordach ist schmal und schützt sie nicht. Sie ist schon völlig durchnässt, als der Mann vorübergeht. Der Mann betrachtet sie und sieht die Blüten, die unter ihrem Fleisch hervorkommen.

»Signorina, kann ich Euch helfen?«

Er lächelt und entblößt zwei Goldzähne. Meine Mutter erfasst mit einem Blick seine ganze Gestalt und das Gold in seinem Mund: Der Mann ist klein, aber er hat ein schönes, ehrliches Gesicht.

»Darf ich mich vorstellen: Raffaele Maiorana.«

Anfangs ist es eine stumme Szene. Meine Mutter antwortet nicht. Sie lächelt das Lächeln der Geblendeten und versucht, den Henkel der Tasche wieder um ihren Finger zu knoten. Im Rücken hat sie die Bühne eines alten Palazzo. Ihre Absätze versinken in den Stofffetzen, die die Lehrmädchen aus den Fenstern des ersten Stocks werfen, damit die Meisterin nicht entdeckt, dass sie Fehler beim Zuschneiden und Nähen gemacht haben. Vincenzina stolpert gerade über die Stoffe, als der Mann vorbeigeht.

»Ihr habt keinen Schirm, und meiner ist groß. Gestattet Ihr?«

Rafele riecht nach frisch aufgetragener Schuhcreme. Seine pomadisierten Haare sind über einer hohen Stirn nach hinten gekämmt. Der Anzug ist zerknittert, aber aus gutem Stoff. Die Hose schlottert um Strümpfe mit Ringelmuster. Die Hände sind glatt, ohne Anzeichen körperlicher Arbeit, Herrenhände, die Augen glänzen vor Freude. In den Augen meiner Mutter ist ein Wasserlauf hervorgekommen, der sie leuchten lässt wie zwei Lämpchen. Rafele nimmt sie sanft am

Ellbogen und zieht sie zu sich unter die Kuppel des großen schwarzen Schirms. Er macht sofort eine witzige Bemerkung: »Seid Ihr eine Miss? Eine Miss Lächeln?« Um zu sagen, dass sie schön ist. Die Mutter, die mich gebären wird, erlaubt ihm, ihre Einkaufstaschen zu tragen, und bleibt stumm, während sie auf den Kranz aus Regentropfen am Rand des Schirms starrt.

Sie schwiegen, während sie durch eine bucklige Seitengasse der Via Duomo gingen, an der höchsten Stelle, wo sie sich wie auf einem kleinen Berg fühlten. Dann begann der Abstieg zum Hafen zwischen den Reihen grauer, durchlöcherter Häuser rechts und links, die der Krieg als Warnung vor allem, was noch einstürzen sollte, hatte stehen lassen. Es hörte auf zu regnen.

Jetzt musste sie hervorkommen. Bei dieser Ähnlichkeit zwischen den baufälligen Mauern und den ersten Wünschen musste die Sonne der Kinderzeichnungen hervorkommen, die hinter Rafele und Vincenzina zwei glitzernde Schatten auf die Pflastersteine legte.

»So ein Durst!«, sagte meine Mutter.

Das stimmte nicht, aber sie sagte es, weil sie nicht wusste, was sie sagen sollte.

»Ich spendiere Euch etwas.«

Sie waren auf der Höhe des Vico Donnaregina angekommen, begleitet von ihren Spiegelbildern in den Schaufenstern. Kanten der dem Krieg entronnenen Körper, spitze Schlüsselbeinknochen und Knie, und das Ausgehkleid, das sich alle Mühe gab, die Magerkeit zu verschönern.

In der Sonne war es sofort warm geworden, und meine

Mutter sagte: »Der März ist eben verrückt, was soll man da machen?«

Ich besitze Lichtspielstrahlen, um mir die beiden vorzustellen. Sonnenfäden, die Vincenzina und Rafele um die Handgelenke und Fußfesseln gebunden werden, damit ihre Gestalten sich bei jedem Zucken des Lichts auf den Pflastersteinen voneinander lösen und wieder vereinen.

Meine Mutter beschnupperte die Luft. Aus den Torwegen der Palazzi kam ein Geruch nach Schimmel und Algen, als gäbe es, verborgen unter den Pförtnerlogen und den alten Brunnen, noch ein zweites Meer.

»Was sagt Ihr da? Nein, ich bin nicht verlobt. Und Ihr? Aha, Buchhalter? Aha, Ihr seid Angestellter? Und wohnt tatsächlich in dieser Straße?«

Sie gingen, sprachen wenig und wiederholten sich.

»Was habt Ihr gesagt, wie heißt Euer Heimatort?«

»Villaricca, kennt Ihr es?«

Rafaele kannte es nicht. Von den Städtchen um Neapel kannte er nur Chiaiano. Dort hatten die Maiorana zwei Jahre lang gelebt, als sie sich nach den ersten Bombenangriffen aufs Land zurückgezogen hatten. Sie wohnten bei einem Bauern, dem Bruder ihres Hausmeisters. Rafele erzählte der Miss von Spaziergängen über die Felder, vom Stöhnen der Kühe bei jedem Morgengrauen, vom guten Brot, den frischen Eiern und der frisch gemolkenen Milch.

»Ich komme auch vom Land.«

»Dann beneide ich Euch, es muss wie eine ewige Sommerfrische sein, dort zu leben ... Aber wie ist das nur möglich? So schön, und Ihr habt keinen Verlobten?«

»Nein, ich hab's Euch doch gesagt, ich bin nicht verlobt. Und Ihr? Seid bei der Stadt angestellt? Ach, Ihr wohnt wirklich in dieser Straße?«

»In diesem Palazzo neben dem Dom. Wir kommen gleich daran vorbei.«

Tüll, Taft, Schleier, Sakralgegenstände, Strumpfgürtel, Spitzen und Büstenhalter, Kutten für Priester und Nonnen. Vincenzina wandte die Augen von den Schaufenstern zum Gesicht des Mannes. Kirchensachen und Pariser Sachen, dachte sie. Und wusste nicht, dass dies der unverschämte Charakter dieser Straße war, ein hysterischer, klerikaler Markt zwischen dem Herzen des Viertels Forcella und den Schatten der Decumani, der alten Straßen aus griechischer Zeit. Es war Rafeles Welt, eingehüllt in den Gestank von frittiertem Öl und den Weihrauchatem, der aus den Kirchen kam.

»Möchtet Ihr einen Kaffee, eine Orangeade?«

»Nein, danke.«

»Aber Ihr hattet doch Durst.«

»Ist mir vergangen.«

»Ein anderes Mal?«

»Wann?«

»Wann immer Ihr möchtet.«

Sie treffen die Verabredung bei diesen Dialogen ohne jede Dramatik, bis sie nach langem Gehen zum Hafen kommen.

»Und hier endet Neapel«, sagt Rafele.

Meine Mutter glaubt das nicht. Sie hat zwei Treppen an der Mole gesehen, durch die das Land sich ausdehnt und versinkt. Und da ist ein grünliches, vom Meer reflektiertes Licht, das über den Treppenstufen und dem Wasser schwebt wie eine Konvaleszenz der Luft. Vincenzina denkt, dass diese Treppen irgendwohin führen müssen, aber sie sagt Rafele nichts, denn ihr fehlen die richtigen Worte, um den Auftrag des Lichts und die geheimnisvolle Ausdehnung des Bodens zu erklären. Rafele ist am Ende der Mole stehen geblieben, vor einem gigantischen Schiffsbug, und fängt an zu phantasieren.

»Nehmen wir dieses Schiff?«

»Wohin fahren wir denn?«

»Was weiß ich, vielleicht nach Amerika!«

»Ha, nach Amerika ...«

Vincenzina hebt die Augen und erschauert. Sie sieht das schwarze, ringsum mit einem roten Streifen bemalte Schiff, der es in zwei Hälften teilt. Das Schiff erscheint wie routinierte Überheblichkeit, aber mehr Angst macht sein großer Schatten auf dem schlammigen Meer. Das Schiff gehört zu diesem Schatten, es kann sich nicht davon lösen.

»Amerika würde Euch nicht gefallen? Ach ja, ich habe vergessen, dass man in Eurem Städtchen wie in der Sommerfrische lebt.«

Von Amerika weiß sie nichts. Adelì hat sie manchmal mit den Brüdern ins Feldlager bei Giugliano geschickt. Die Soldaten verteilten Dosenfleisch, Schokolade und Quittenmus. Von dem, was sie sagten, verstand sie nur wenige Worte: *baby, come here, I like you, see you tonight?* Denn die hatten ihr die Dorfschönheiten unter ihren Freundinnen übersetzt, die sich mit den Soldaten verlobt hatten und davon träumten, nach Amerika zu gehen. Sie füllte ihren Sack und lief nach Hause, begleitet von den Brüdern, auch sie mit vollen Säcken. Und was denn für eine Sommerfrische? Sie sagt Rafele nicht, dass sie gerade von dem Schauspiel zurückkommt, das sie auf dem Markt in der Via dei Vergini aufführt. Rafele kann sich das künstliche Städtchen nicht vorstellen: An der Hauptstraße von Villaricca stehen die verlassenen Villen der Herrschaften, die vor dem Krieg hier Ferien machten, doch hinter dieser Grenzlinie aus rosa und gelben Häusern, bunt wie Bonbonpapier, wird das Dorf von zwei Seiten wie durch ein Hufeisen von Ländereien eingezwängt, die nach Ställen und ausgemergeltem Vieh stinken. Sie sagt ihm nicht, dass der Boden im Winter zu Schlamm wird, Eistränen auf den Zweigen hervorkommen und man sich durchschlägt wie die Lumpensammler, Säcke mit fauligem Laub auf dem Rücken und die Füße mit Wollfetzen umwickelt. Diese Erzählung behält sie für sich wie eine Schande und wahrt den ganzen Weg über das schiefe Lächeln. Rafele lässt sie nicht gehen. Vor dem spitzen Schiffsbug entlockt er ihr die Verabredung am kommenden Sonntag auf der Piazza Cavour, bietet ihr Kuchen und Schokolade im Hafencafé an. Meine Mutter möchte nicht, dass Rafele sie in den Palazzo der Parascandolo hineingehen sieht, und verabschiedet sich an der Piazza Dante unter dem Halbkreis der Statuen, die die Tugenden Karls III. darstellen.

»Ich muss zu meiner Schwester, wir wollen uns hier verabschieden.«

»Ich begleite Euch.«

»Nein, nein, ich bin schon fast da. Wer weiß, was die glaubt, wenn sie uns sieht, und dann fragt sie mir Löcher in den Bauch.«

Als Rafele unter dem Torbogen Port'Alba verschwand, bog sie in die Via del Museo ein und ging sehr langsam, um ihm nicht auf der Via Duomo wiederzubegegnen. Sie verspürte eine freudige Angst und stieß ihre Traumseufzer aus. Die kamen ihr nachts, wenn sie und die Schwestern sich auf die mit Maisblättern gefüllte Matratze legten. Die sackförmige Dunkelheit umhüllte sie ganz, und die Geheimnisse der Frauen im Haus gingen zwitschernd von einem Ohr zum anderen, sich allmählich verformend, bis tiefe, ruhige Atemzüge kamen und das ganze Haus sich vom Schlamm löste und zu fliegen begann. Während sie auf den Palazzo der Parascandolo zuging, vermischte sich das Bild von Villaricca mit dem der Stadt. Also bemühte sie sich, Adelì, die Tiere und die Geschwister auszulöschen. Und als sie Neapel mit dem Schwindelgefühl der träumenden Frau betrachtete, flüsterte sie: »Das ist die Kirche, wo ich heiraten will ... Das sind die Schuhe, dort ist das Kleid, das Parfüm, Rafele, ich ...«

Was geschieht mir, Ma? Willst du, dass ich deine und die Geschichte deines Ehemannes erzähle, und hast mir den scharfen Blick deiner letzten Momente gegeben? Wenn einem, wie es heißt, das ganze eigene Leben und das geliebter Menschen vor den Augen abläuft. Denn ich sehe ihn, Rafele, der sich bei seiner Rückkehr nach Hause ebenfalls bemüht, Mutter und Geschwister auszulöschen. Auf Zehenspitzen geht er in sein Zimmer. Er möchte allein sein mit den Geheimnissen des erregten Mannes, wenigstens so lange, bis sein Zwillingsbruder Leopoldo kommt, um sich nach dem Mittagessen in ihrem gemeinsamen Zimmer auszuruhen. Vincenzina Umbriello hat ihn in eine Trance versetzt, die er jetzt auskosten will und muss. Doch der Zwillingsbruder erwartet ihn mit spöttischer, geduldiger Miene auf der Bettkante sitzend.

»Wer war das, Rafè?«

»Das geht dich nichts an.«

»Ich habe dich gesehen, leugne nicht. Du warst mit einer schönen Frau zusammen. Wie heißt sie? Wo hast du sie aufgegabelt?«

»Sie heißt Vincenzina. Aber das geht dich nichts an. Zwei Schichten im Büro in einem Meer von Papierkram! Leopò, ich bin müde, lass mich in Ruhe.«

»Mama hat gesagt, du sollst essen kommen, wir warten auf dich.«

»Sag ihr, ich esse später, ich will mich ausruhen.«

Zum Mittagessen kommen die Maiorana nach Hause zurück und setzen sich an den Tisch. Unter den wachsamen Augen von Lisa Campanini gibt das Dienstmädchen Rachelina üppige Portionen auf die Teller. Und so geht es weiter, als stummes, einsames Ritual, obwohl dies ein Moment familiärer Gemeinschaft ist. Jeder senkt den Kopf über den Teller und zückt die Gabel oder den Löffel wie eine Waffe.

Wer etwas zu sagen hat, muss das sofort oder nach dem Essen tun. Unentschuldigte Abwesenheit duldet Lisa Campanini nicht. Für sie ist das ein Zeichen von Rebellion oder bevorstehender Krankheit. Darum wendet sie den stechenden Blick nicht von Rafeles leerem Platz und sagt: »Esst«, als spräche sie eine Drohung aus.

Als er allein ist, wartet Rafele sicherheitshalber zehn Minuten. Dann schiebt er die Hand hinunter zum Glied, um mit der Vorstellung von der Frau, die er gerne bei sich hätte, die Zügel schießen zu lassen. Die Stille und die Absonderungen in der Wohnung helfen ihm dabei. Elf Zimmer mit ständig geschlossenen Balkontüren umringen sein Zimmer. Auch hier gibt es eine irdische und siderische Mutter, die über das Licht und die Dunkelheit des Hauses herrscht. Jeden Morgen und jeden Abend macht Lisa Campanini mit Rachelina einen Rundgang durch alle Zimmer. Auf die Kontrolle von Ritzen und Rissen folgen Verriegelungen und Versiegelungen, um zu verhindern, dass Staub und gewisse große, wollige Fliegen eindringen, die man vor dem Krieg nie gesehen hat.

»Signò, lasst doch mal ein bisschen Licht rein, Ihr sitzt ja immer im Dunklen!«

»Staub und Insekten, Rachelì, mach alles zu!«

Eines Tages hat Rachelina der Signora ihre ganze plebejische Weisheit vor die Füße gekippt: »Staub ist wie der Tod, Signò, der kommt überall rein.« Aber das hat nichts genützt. Die Wohnung ist zu einer geschlossenen Kugel geworden, voller Schatten, einer über dem anderen. Darin verschwinden die Ängste der Kinder, die mit fliegenden Schwalben bemalten Decken und die Umrisse des Mobiliars aus dem 19. Jahrhundert.

Der Vorraum zur Küche, wo seine Familie das Mittagessen einnimmt, liegt sechs Zimmer weiter. In seins dringt kein Laut, außer den Glockenschlägen vom Dom und dem Gurren der Tauben auf den Fialen. Als einziges Zeichen von Leben, aber es ist kein glückbringendes, spürt Rafele das Pochen in den Ganglien seines Körpers, tief im Inneren, wie der gedämpfte Atem eines zweiten Rafele, der in seinem Körper feststeckt. Und als diese Dissoziation nach beendigtem Austoben in ihm zutage tritt, fühlt er sich vom Blick des Christus angezogen, der gegenüber vom Bett hängt. Ein schielender Christus in Schwarzweiß. Wenn man sich im Zimmer bewegt, folgen einem diese Augen mit einer Art endloser Schiefheit. Rafele flüstert ihm jedes Mal zu: »Es ist nicht gegen dich ... Es ist etwas Natürliches, nichts gegen dich.« Überzeugt, dass der Christus ihn, weil er der Menschlichkeit schadet, als schmutziges Wesen verurteilt. Vielleicht hat Lisa Campanini das erreichen wollen, als sie diesen Christus zum Zweck der Hemmung und Reue vor die Betten all ihrer Kinder gehängt hat.

Lisa Campanini weiß, dass er der schwächste ihrer Söhne ist, der am wenigsten gelungene. Das erkannte sie sofort nach der Entbindung, als man ihr die Zwillinge in die Arme legte. Leopoldo wurde mit himmelblauen Augen und rundem Gesicht geboren, Rafele dunkel und mager wie die kalabrische Sippschaft ihres Mannes. Der eine fing sofort an zu saugen, der andere drehte den kahlen Kopf weg und spuckte ihr das bisschen, das er getrunken hatte, auf die Brustwarze. Für Rafele musste sie eine Amme kommen lassen, denn auch wenn die Milch gereicht hätte, schien es ganz so, als wollte dieser Sohn nichts von ihr nehmen. Und dann diese Geschichte, mit der Rafele rausrückte, als er sich für einen Beruf entscheiden musste. Ein Maler von exotischen Landschaften und von Schiffen auf stürmischen Meeren wollte er werden. Ein Skandal in der Familie und ein Schicksal in sicherer Armut. Diese Manie, dem Untergang geweihte Schiffe und Orte zu malen, die keiner je gesehen hatte, hatte er schon in der Kindheit. Seine Schreibtischschubladen waren voll von Bildern entlegener Inseln und tragischer Boote kurz vorm Versinken in den Meerestiefen. Sie ähnelten nicht im Geringsten dem, was ein Mann sehen und verstehen muss. Es waren an Schicksalsgrenzen verstreute Dinge, Reste aus Träumen und Szenerien zwischen der Apokalypse und dem verlorenen Paradies.

Als der Moment der Entscheidung kam, musste seinetwegen eine Familienzusammenkunft abgehalten werden, bei der die Lebenden unter den Porträts der Ahnen Aufstellung nahmen. Und für Lisa gab es keinen Zweifel: Rafele würde Buchhalter werden. Entzog man ihm seine schlechten Angewohnheiten, war er ein vorausschauender und kühl überlegender junger Mann. Im Übrigen hatten sie in der Familie schon Berto, den Arzt, Leopold, den Lehrer, und Fabrizio, den Anwalt. Fehlte nur der Buchhalter, ein weiterer Beruf, der gebraucht wurde, um das Chaos der Welt nach dem Krieg zu bewältigen. »Die unbekannte Welt« nannte sie Ennio Maiorana, und dem fügte sie eine Glosse hinzu, indem sie feststellte, man dürfe niemandem vertrauen und das christliche Herz der Menschen gebe es nicht mehr.

Unbekannte Welt. Der Vater, der mich zeugen wird, steht da, das Glied in der Hand und den Geist an eine Vincenzina geklammert, von der er nichts weiß. Es gibt kein Entrinnen: Nach dem Austoben lasten nicht nur das Zimmer und der Christus, sondern auch atavistische Ängste auf ihm. Die Wohnung, die Mutter, der Vater. Schließlich wird das Glied zu nichts, es erschlafft, und der Schlaf kommt. Dieses Mal träumt Rafele von einem Geist, der ziellos umherirrt, als müsste er eine Sorge regeln. Er ähnelt Vincenzina. Rafele geht mit der Miss in der Via Duomo spazieren. Die Straße ist überschwemmt von einem Meer, das vom Hafen bis zur Treppe der Kathedrale über die Ufer getreten ist. Kein Mensch ist zu sehen. Nur die Tauben, die sich auf den Simsen in Sicherheit bringen.

»Komm, wir fliehen, wir müssen uns retten!«, sagt Vincenzina.

»Wovor?«, fragt er lachend.

»Vor diesem Wasser ...«

»Na gut, dann nehmen wir das Schiff.«

»Welches Schiff? Wir müssen uns in Sicherheit bringen!«

Dann sieht Rafele, dass das Meer und die Stadt die gleiche Bewegung machen, sich zurückziehen und aus den Abflussrinnen der Gassen wieder aufsteigen, und dass Vincenzina, die an seinem Arm hängt, eine Unbesonnenheit des Lebens ist und dieselbe Kraft hat wie dieses Wasser, das die Welt überflutet.

Hörst du mich, Ma? Dies ist die Geschichte, die in der Welt war, bevor ich geboren wurde. Ich versuche, alle Seelen, die darin auftreten, in der Geschichte unterzubringen. Bis zum Ende, Ma, wie ein Dramatiker, der nicht aufgibt, der sich den Vater als eine Seele im Traum vorstellt, in dem Moment, da Lisa Campanini ihren Mann bittet, den ärgerlichen Sohn zu rufen.

»Sag ihm, er soll kommen.«

»Lisù, er hat Leopoldo gesagt, er will sich ausruhen.«

»Unsinn! Es gibt kein Ausruhen, wenn man nichts im Magen hat.«

Doktor Maiorana gelingt es nie, sich seiner Frau konsequent zu widersetzen. Er hat noch die alte Auffassung von der Ehe und der Geduld, die man darin aufbringen muss. Er glaubt, dass Lisuccia ihren Körper vor sich verdeckt, und dass sie unter den Worten noch andere, bekümmertere und gemurrte Worte verbirgt.

»Wenn du dir was in den Kopf setzt ... na gut, ich gehe.«

Er durchquert die düsteren Räume und kommt mit seiner Resignation beim Zimmer der Zwillinge an. Erst klopft er leise, dann öffnet er die Tür.

»Rafè, bist du wach? Deine Mutter ...«

Rafele schläft, und im Zimmer liegt ein säuerlicher Geruch. Ennio Maiorana verurteilt die Natur nicht, er denkt, dass Rafele, neunundzwanzig Jahre alt, ein ausgewachsener Mann ist und ein normales, gesundes Leben bräuchte. Er weiß auch, dass er ein depressiver Sohn ist und einer Arbeit gehorcht, die ihm nicht gefällt. Er kehrt in den anderen Teil der Wohnung zurück und verkriecht sich in seinem Arbeitszimmer, obwohl die Sprechstunde für die Patienten erst in einer Stunde beginnt. Als er am Schreibtisch sitzt, von den zwei kleinen bronzenen Falken beobachtet, die als Briefbeschwerer dienen, konzentrieren sich seine Gedanken auf die Verluste, auf die Ängste der Familie und auf Lisuccia.

Lisuccias Reden sind Mächte des Gefühls, die immer wieder zu denselben Themen zurückkehren: die Kinder, die Fehler machen, die Gefahr, die mittlerweile die Welt und die Seelen beherrscht. Und jedes Mal muss er diese Reden beenden und bestätigen, um der väterlichen Autorität Nachdruck zu verleihen, die Lisù als *notwendig und beschützend* bezeichnet. Er würde gerne anders mit seiner Frau sprechen. Wie damals, als er ihr Briefe von der Front schickte. Mit einer schüchternen, aber klaren Zusammenfassung seiner Gefühle und einem Widerstand gegen das Grauen, das er in seiner Rolle als Arzt erleben musste. Das Grauen des Krieges im Lager 096 der in Treviso stationierten Vierten Armee, wo er lernte, dass jede Verletzung ein Mensch ist, von dem man nichts weiß. Er betastete zerfetzte Körper und ahnte die geheimen Vorsprünge darin, die als Halt oder Schutz gedient hatten, die versteinerten Linien, die die Lymphbahnen eines tieferen Lebens gewesen sein mussten. Und wenn er mit dem chirurgischen Schnitt beim Blut ankam, wurde klar, welche Beziehung der Mensch zum Schrecken gehabt hatte. Es war immer verängstigtes Blut. Das jede Art von Leidenschaft einflößte. Vor allem den schrecklichen Ehrgeiz, sich selbst nicht aufzugeben. Die Angst erschien stets auf der Schwelle eines furchtbaren Mechanismus, wenn die Krankheit zur Obsession des Geistes wurde, der alles getan hätte, um weiterzuleben, sogar auf einen Zustand zu hoffen, in dem man sich selbst wie eine unheilbare, offene Wunde wahrnahm. Die Verletzung herrschte über den Körper und das Innenleben. Wie es seiner Frau widerfahren war, die seit einer Verwundung diese seelische Diktatur über ihre Kinder ausübte. Lisuccia, die dem Schrecken des Krieges die Qual der verlorenen Tochter hinzugefügt hatte. Sie hatten Filomena gerade noch rechtzeitig taufen können, zwei Wochen nach seiner Geburt war dieses Geschöpf zur kleinen Toten der Familie geworden. Das war es, was passiert war. Zum Grauen der untergegangenen Welt und ihrem gesellschaftlichen Abstieg hatte Lisuccia diesen Verlust hinzugesetzt. So musste es gewesen sein.

Gefolgt waren die Jahre der Depression, Tage, an denen Lisuccia von Zeit zu Zeit einen Punkt in der Luft anstarrte, als folgte sie dem Gang eines Gespensts, und hauchte: »Das Mädchen ... das Mädchen ...«, damit meinte sie ein Wesen, das durch die Zimmer wanderte, das im Tod gewachsen und dann bei einer ewigen Kindheit stehengeblieben war. Sie beschrieb das Mädchen sogar. Es war blond und zierlich, mit einem Porzellangesicht und Augen von großer Klarheit. Filomena ging mit leicht gekrümmtem Rücken, doch wie konnte man sie ermahnen, aufrecht zu gehen? Am Haaransatz auf der Stirn gab es etwas Ausgetrocknetes, das sich über das Gesicht auszudehnen drohte und es von einem Moment zum anderen verschwinden lassen konnte. Gewöhnlich wogte ihr kleines Gespenst in der Nähe der japanischen Vasen im Salon. Manchmal sah Lisuccia sie auch im Vorraum der Küche niederschweben und hüpfend dem Dienstmädchen folgen.

Gütiger Gott. Um diese Visionen abzustellen, waren zwei Experten für Schwermut nötig gewesen, die sie in gewisser Weise aus der visionären Sphäre herausgeholt hatten. Doch manchmal hegt er den Verdacht, dass sie nicht geheilt ist. Er beobachtet sie bei häuslichen Verrichtungen und sieht, dass Lisuccia langsam ist, ihre Bewegungen aus einer unerreichbaren Ferne vollführt und sie stets mit kleinen Abschlüssen kennzeichnet. Viele Wahnvorstellungen, statt Teller, Tassen und Gläser, die in der Vitrine aufbewahrt, die auf den Tisch und auf den Grund eines anderen Lebens gestellt werden müssen. Als Ehemann wie als Arzt hat er sich gefragt, ob seine Frau nicht womöglich lügt, ob ihr Geisteszustand nicht jene Heuchelei des Kranken entwickelt hat, der die Normalität des lichten Tages simuliert, während er in einer inneren Nacht gefangen bleibt. Das ist es, worüber er mit ihr sprechen möchte. Wenn er den Mut dazu aufbrächte, wenn er wüsste, wo er anfangen soll ... Vielleicht ist es wirklich die Verletzung, die das Gehirn seiner Frau für immer gezeichnet hat, das Gefühl des Verlustes, das Lisuccia zu einer unheilbringenden Mutter gemacht hat ...

Runde Brillengläser, hohe Stirn, rötlicher Schnurrbart und eine Zigarre zwischen den Fingern, Ennio Maiorana steht vom Schreibtisch auf und geht die Medikamente im Arzneischrank ordnen, obwohl das gar nicht nötig ist. Es sind die kleinen Selbstgeißelungen, die er »Disziplin und Methode« nennt. Manchmal verfolgen sie ihn, um Gewissensbisse aus ihm herauszuholen. Hat er selbst das überreizte Gefühl der Verletzung, mit dem er jeden Tag lebt, auf seine Frau und die Kinder übertragen? Hat er es weitergegeben, als er sich mit

Lisuccia vereinigte und zeugte? Er lächelt bitter, als ihm der Spitzname einfällt, den sie ihm im Krankenhaus der Unheilbaren gegeben haben. Sie nennen ihn den »Feinbearbeiter«, auf den Perfektionswahn anspielend, mit dem er nach jedem Eingriff die Körper wieder zunäht. Maiorana näht nicht, er stickt! So sagen die Kollegen. Und er kann niemandem anvertrauen, dass das Zunähen der Operationswunde für ihn ebenfalls eine Handlung von ungeheurer Rätselhaftigkeit ist.

»Was hat Rafele gesagt, kommt er essen?«

Lisù steht an der Tür des Sprechzimmers. Ennio Maiorana schreckt zusammen. Er betrachtet sie, während sie näher kommt. Sie ist noch immer eine schöne Frau, groß und wohlgeformt, mit zwei Spiegelscherben anstelle der Augen.

»Nichts, er hat nichts gesagt, er schlief.«

»Dieser Junge hat etwas.«

»Er ist ein Mann, Lisù, kein Junge, wie du ihn nennst. Wenn er uns braucht, wird er es sagen.«

»Leopoldo hat ihn auf der Straße gesehen. Rafele war mit einer zusammen, er sagt, sie gingen untergehakt ...«

»Willst du wissen, was ich denke? Nein, du willst es nicht wissen, aber ich sage es dir trotzdem. Das geht uns nichts an und Leopoldo erst recht nicht.«

»Ob das ein anständiges Mädchen ist, geht uns nichts an ...«

»Ja, und?«

»Ja und, ganz einfach, ich will mich informieren, ich will wissen, was das für eine ist.«

»Lisù, sei doch vernünftig, Rafele ist ein Mann, er weiß, was er tut.«

»Wir reden später darüber …«

»Nein, wir reden nicht darüber. Und sag Rachelina, sie soll den ersten Patienten hereinbitten.«

Na also. Ein bisschen Ruhe. Wie lange? Während der Sprechstunde, im schwachen Licht des Praxiszimmers, das er jedes Mal ungern verlässt. Lisuccia ist gegangen. Er zieht sich den weißen Kittel über.

Immer, wenn ihr Mann in der Praxis ist, beginnt Lisa Campanini mit einem Rundgang durch die Wohnung, von dem Ennio Maiorana nichts weiß. Sie geht den Herzschlag kontrollieren, der in den Zimmern pulsiert. Betritt den Salon mit den Wandteppichen, überprüft, ob die Pendeluhr noch immer die Zeit vor acht Jahren anzeigt, drei Uhr nachmittags, als das spanische Fieber in Neapel wütete und Filomena starb. Sie vergewissert sich, dass die Kampfersäckchen auf den Betten noch unversehrt sind, und stellt den kleinen Engel aus Alabaster, den das Dienstmädchen verrückt hat, wieder an seinen richtigen Platz. Im Küchenvorraum zählt sie die Teller und Gläser. Rachelina sagt ihr nie, wenn etwas kaputtgeht. Zum Abschluss wird der große Salon kontrolliert, ein weiter Raum mit runden, intarsierten Möbeln. Unter dem Türrahmen senkt sie den Kopf, als müsste sie den tiefsten Zweigen eines Waldes ausweichen. Die Türen der vier Balkone sind verriegelt. Sie öffnet sie nicht. Das Tageslicht muss draußen bleiben. Vor Jahren ist die unbarmherzige Sonne der Stadt ihre geistige Krankheit geworden. Sie schaltet den riesigen Kronleuchter ein. Der künstliche Lichtschein entzieht sie dem physischen Dasein. Mit leichten Schritten geht sie zur gegenüberliegenden Wand. Die Porträts, deren Lider im Dunkeln gesenkt waren, reißen vor ihr die Augen auf. Die Gesichter des Vaters und der Mutter. Lisuccia empfindet sie wie einen Ballast auf der Seele. Der Nebel im Hintergrund ist ihr Reich. Sie hat nicht vergessen, wie sie sich von ihnen getrennt hat.

Die Reihe der Porträts endet mit dem Gesicht von Angelina, Ennios Schwester. Mit fünfunddreißig an einer akuten Nierenentzündung gestorben. Lisuccia hat sie nie kennengelernt. Sie hat keine Ähnlichkeit mit Ennio, der mager und hohlwangig ist. Sie hat runde Wangen und einen kontemplativen Ausdruck, auf etwas Strömendes konzentriert, das ihren Blick entführt. Die Pupillen sind dunkel. Neben ihrem Porträt eine Reihe Aquarelle, von Angelina gemalt. Als die Maiorana nach Neapel umzogen, kam seiner Schwester, wie Ennio ihr einmal erzählt hat, die fixe Idee, den vollkommenen Garten zu malen. Den »Garten von Logistilla« nannte sie ihn. Wie der, den sie in ihrer Heimat in Kalabrien besaßen, musste er starkfarbige Blumen, ein gefühlvolles Licht und Blätter haben, deren Verwandlung kurz bevorstand. Doch jedes Mal, wenn Lisuccia diese Bilder betrachtet, sieht sie nur geistige Schatten und einen unterbrochenen Weg des Lichts. Neben den Aquarellen steht ein hoher, mit Damast bezogener Stuhl an der Wand. Der königliche Platz von Filomena bei häuslichen Festen. Ihre Füßchen reichten nicht bis zum Boden, wenn man sie dort hinsetzte. Doch das Mädchen freute sich, auf dem Thron zu sitzen.

Lisuccia nähert ihre Hand den Armlehnen. Es gelingt ihr nicht, den Schatten zu berühren. An den Fingern spürt sie die Kälte eines unsichtbaren Schnees, als hätte sich eine Kugel aus Eis um den Stuhl verdichtet. Der Platz ist niemals leer geblieben. Er ist der Schutz des Mädchens. An dieser Stelle fällt Lisa Campanini ins Gebet. Das Schwindelgefühl kommt. Lisuccia hört einen leisen, dumpfen Aufprall. Die kleine Tote hat es geschafft, allein vom Stuhl zu steigen. Sie ist im Tod gewachsen. Jetzt ist sie zehn Jahre alt. Sie spricht nicht, atmet schnell. Sie ist quecksilbrig. Ennio hält sie für eine Geisterseherin, die behandelt werden muss. Er irrt sich. Filomena hat die Wohnung nie verlassen. Das ist keine Selbsttäuschung aus Liebe. Sie sieht sie und hört sie. Und weiß, wo das Mädchen jetzt hinwill. In den Salon, um mit der Puppe von Moira zu spielen. Ihre Tochter lässt sie immer mitten im Zimmer, auf einem kleinen Sessel, in der Haltung eines sitzenden Wesens, das auf jemanden wartet.

Vincenzina trifft sich jetzt donnerstags und sonntags mit Rafele vor Schaufenstern und an Brunnen. Er schenkt ihr Parfüm und rote Schuhe. Dann kommt es zu Schwüren im Zimmer an der Salita dei Cagnazzi, Eigentum des Buchhalters Liubaldi, Rafeles Kollegen, dank männlicher Kumpanei zur Verfügung gestellt. Rafele sagt zu Vincenzina: »Ich heirate dich«, und einer Frau der Nachkriegszeit kann das genügen.

Im Zimmer von Liubaldi lässt meine Mutter sich berühren, ohne Gottes Gericht zu fürchten. In ihrem Leib ist eine kindliche Seele versteckt, und die zeigt sie Rafele mit geöffneten Beinen wie ein Fensterchen, das beiden Wärme und eine Richtung gibt.

Rafele fragt, wer ist dein Vater und wer ist deine Mutter. Sie würde gerne antworten, dass beide tot sind. Aber nur Biasino ist tot. Adelì, ihre Mutter, lebt im Dorf, sitzt fast immer, im Schoß Mais und Nüsse. Sie ist alt und verlässt den großen Raum mit angrenzendem Klo, Kochstelle und Stall an der Hinterseite nicht mehr.

»Und wie ist dein Zuhause, eine Villa oder ein Bauernhof?«, fragt Rafele unerbittlich.

Es ist alt. In den Mauerrissen Nester von Schwalben und Spatzen. Das Haus ist ein einziger großer Raum mit Wänden, die im Frühling und im Sommer zwitschern, mit hoher Decke, Zementboden. Darauf klopfen die Hühner mit ihren Krallen und Schnäbeln, und unter den Hufen des Osterzickleins hallt er wie ein Schild in der Schlacht.

»Wir kommen zurecht«, antwortet Vincenzina.

»Und dein Vater? Wie ist dein Vater gestorben? Als Kriegsheld? Bei der Arbeit? An einer Krankheit?«

Rafele bedrängt sie, hetzt sie, schlimmer als ein Gendarm. Vincenzina versucht ihn aufzuhalten und wirft sich ihm nackt auf die Brust, als suchte sie mitten im Sturm einen barmherzigen Unterschlupf. Dann weint sie, schafft es nicht mehr, die Beine zu spreizen. Diesmal kann er auf das Fleisch nicht hoffen, und es nützt nichts, sie bis an den Bettrand zu entführen. Rafele will alles wissen, sie muss mit Gewalt in eine schreckliche Zeit eintauchen. Auch das Zimmer von Liubaldi will alles wissen. Risse in den Wänden und Möbel richten ihre Schnitte und Schatten auf sie. Sie starrt die Wand gegenüber vom Bett an, und die öffnet sich wie der Prospekt eines Theaters, wenn es Erscheinungen und Wiederkünfte darbietet ...

Die schreckliche Zeit war ins Haus der Umbriello eingedrungen, als Adelì begonnen hatte, zusammen mit Löchern in den Strümpfen den Hass zu flicken. Die Töchter wuchsen heran, und sie sah in ihnen nur gefährdetes Fleisch und Bedrohung. Ihr Hass entlud sich auf Iolanda, die schönste Tochter, weil die einen Liebhaber gefunden hatte, der sie heiraten wollte. Ein Offizier, groß und stark, in der Kaserne von Giugliano stationiert. Adelì sagte der Tochter: »Der will dich ficken, und nachher wirst du eine Nutte!« Aber das sagte sie wie etwas, was gesagt werden musste, denn was sie ängstigte und ärgerte, war etwas anderes: Iolandas Augen von einem leuchtenden Schwarz, die goldenen Haare auf ihren Schultern, der Körper, der sich bewegte wie von einem himmlischen Lüftchen erleuchtet. Für wen hielt sie sich? War sie nicht aus demselben Loch herausgekommen wie die anderen Töchter?

Adelìs Gesetze rührten von einem Niedergang her. Geboren war sie in der Zeit der Armut und Würde. Den letzten Jahren des 19. Jahrhunderts. Ihr Leben war nicht entzifferbar, außer man spürte einem nebelhaften Luftstrom in den Porträts der Familie nach. Der Vater dunkel und schmal, mit einem Blick wie eine Erscheinung des Denkens, Händler mit Pariser Stoffen, flüchtig, des Wohllebens und der Schulden wegen, und die Mutter federngeschmückt, in einen spanisch anmutenden Umhang gehüllt, das fahle Gesicht wie am Rand eines Traums, und ein Hut mit Fasanenfedern. Adelì war Biasino, der als Laufbursche für seinen Vater arbeitete, mit sechzehn begegnet, und hatte sich in ihn verliebt. Ein Leben aus abgezählten Centesimi, aus Kriegen und elf Geburten. Ihr Charakter warf Gebete oder Flüche gegen dieses Leben. Sie war groß und knotig und gebrauchte ihren Körper wie eine Bürde der Erde. Sie roch nach Nüssen und Apfelkompott. Wie manche Clowns konnte sie mit ihren großen, rosigen Ohren wackeln, und der Punkt, auf den sie ihr faltiges Gesicht richtete, war immer die Fährte eines Betrugs und einer Gefahr, die es abzuwenden galt.

Ein warmer April kam, vervielfacht durch die blühenden Pfirsichbäume und das Frühlingsgras, das überall gewachsen war, auch auf dem Wintermatsch. Iolanda nahm den Überlandbus und fuhr nach Neapel, um sich von dem Geld, das sie mit Näharbeiten in einer Schneiderei in Giugliano verdient hatte, ein Kleid zu kaufen. Da Vincenzina den Weg kannte, den ihre Schwester zurückgelegt hatte, stellte sie sich vor, dass Iolanda das geschehen sein musste, was ihr jedes Mal geschah, wenn sie zu Rafele ging.

Am Dorfausgang nahm der Bus die Straße, die das Land in zwei Hälften teilte. Vor einem leuchtenden Hintergrund sah man die Weiler Marano, Chiaiano und Marinella. Wenige Häuser, die man an einer Hand abzählen konnte, und an den Tennen hängende Gärten mit ordentlich verteiltem Gemüse. Über dem Streifen schwarzer Erde warfen die Kirschbäume ihre Blütenblätter ab. Die Fenster der Bauernhöfe waren verriegelt, doch sie wusste, dass die Bauern sie nur schlossen, um heimlich zu beobachten, wie die Marktkarren auf der Straße ankamen. Am Busfenster wurde sie nachdenklich, weil sie jedes Mal, wenn sie zu Rafele fuhr, den Schlamm und die Grausamkeit dieses blühenden Landes vergaß. Die ferngerückte Natur erwarb eine verzweifelte Ähnlichkeit mit ihrem Wunsch, endlich am Treffpunkt anzukommen.

Ihre Schwester Iolanda war auf ihrem Weg nach Neapel durch dieselbe Landschaft gefahren, und sie hatte ein blaues Kleid mit weich fallendem Glockenrock nach Hause gebracht, sehr schön. Sie hatte es an eine Leine gehängt, damit es Luft bekam, und es den ganzen Tag lang betrachtet, aufgeregt, wie man einen Menschen beobachtet, der ankommt, aber noch weit weg ist.

Am Abend zog sie es an, um zu ihrem Geliebten zu gehen. Als Adelì ihre Tochter aufgetakelt wie ein Weibsbild vom Kino sah, wurde sie purpurrot und verfluchte sie. Es waren böse Worte, und auf dem Weg weinte Iolanda. Am nächsten Tag schickte Adelì die Söhne, dass sie dem jungen Mann drohten. Der Offizier ließ sich eine Weile nicht blicken. Fortan lebte Iolanda in einer Sackgasse. Sie krümmte den Rücken und irrte über die Felder. Fing an, sich zu ohrfeigen und sich die Haare auszureißen. Dann lernte sie das Betrügen. Sie verließ das Haus nachts, wenn Adelì in tiefem Schlaf lag. Die Schwestern sahen sie zwischen der Kette und der Tür hindurchschlüpfen, verrieten sie aber nie. Das taten die Brüder, und Adelì bereitete ihre Rache vor.

Der Teufel des Hauses sah dem Moment ungeduldig entgegen. Jetzt war er sich sicher, in dieser Familie konnte außer dem Schwein auch ein Mädchen geschlachtet werden.

Eines Nachts, Iolanda hatte sich eben davongeschlichen, erhob sich ein Schatten vom Bett. Die Maisblätter verströmten den Geruch des Raubtierlagers. Einen solchen Schatten hatte man in dem Raum noch nie gesehen. Neben dem Schrank wurde er lang und zerstückelt.

Er streifte die Konsole und die Truhe und streckte Adelìs große Füße und ihren langen Hals aus. Als er an den Öllämpchen und den Bildnissen der Toten vorüberging, nahm er den Widerschein eines gespaltenen, schädlichen Granatapfels in sich auf. Er griff nach der großen Schere, die gewöhnlich in die Brust der Hühner und den Bauch der Kaninchen gestoßen wurde. Öffnete den Schrank, nahm das blaue Kleid und legte es auf den Tisch. Begann, es zu zerschneiden. Nein, etwas Gepeinigtes zu vernichten, das zwischen Falten und Nähten kapitulierte. Streifen, viele sehr akkurate Streifen. Er legte das Kleid über den Stuhl wie eine ausgeweidete, gestrandete Gestalt. Löste sich von einer Abflussrinne der Dunkelheit und kehrte ins Bett zurück. Hier wurde er endgültig wieder zu einer Kuhle, in der Adelì lag, die ihren Haarknoten löste und das Halstuch über das Kissen breitete. Das Halstuch sah aus wie ein Raubvogelflügel mit verschwommenen Rändern. Auf dem Halstuch beschmierte sich Gaetaniello, vier Jahre alt, Frucht eines betrunkenen Beischlafs von Biasino.

Dass Iolanda bei Sonnenaufgang zurückkehren könnte, als sei sie warm und glücklich aus einem Ei geschlüpft, erwartete niemand. Maria, Italia und Giuseppina hatten darum gebetet, dass sie für immer geflohen war. Aber sie war zurückgekommen, und während sie ins Bett kroch, gewichtlos wie dünnes Papier, summte sie für die Schwestern die Melodie des Charlestons, den sie im Offiziersclub mit ihrem Geliebten getanzt hatte. Und schlief sofort ein. Ihr Atem schien mit der Dynamik eines Traums verbunden, darin gab es viele Schluchzer des Phantasierens und kleine Pausen, um sich wiederzubeleben und zur Antwort auf einen unhörbaren Satz zu werden. Beim Erwachen setzte sie sich wie immer mitten im Bett auf und ordnete die zerdrückten Locken und das bis zur Brust hochgerutschte Hemdchen.

Der Körper gefror. Vor sich sah sie das vom Teufel besessene und demütige Ding: der Stuhl, die vielen, sehr akkuraten Streifen. Sie sagte nichts. Die Schwestern schrien, um Erstaunen vorzutäuschen, und die Mutter zischte Verwünschungen. In ihren Ohren waren das Stimmen aus einer anderen Welt. Sie floh auf die Felder, zog sich aus und rieb sich nackt an einem Baum. Die Brüder liefen hinter ihr her und trugen sie nach Hause, dabei sang Iolanda das *Auxilium christianorum.* Ein paar Tage später bekam sie das Typhusfieber, das drei Monate andauerte. Am Ende war sie verrückt geworden. Nicht ganz verrückt. Ein bisschen verrückt. Es war eine Art Irrsinn, der sie grundlos lachen ließ oder zu einer großen Schüchternheit wurde und zu einem Schaukeln des Körpers in den Hausecken.

Adelì ließ sie in einer Irrenanstalt wegsperren. Der Geliebte kam sie besuchen, wollte sie mitnehmen, aber dafür brauchte man die Unterschrift der Mutter, die sie niemals gewährt hätte, und dann sah er, dass Iolanda, wenn sie sprach, kein Wort zu Ende sagte, sie war krumm geworden, und man hatte ihr die Haare geschoren. Die beiden setzten sich auf eine Bank. Sie kroch mit den Augen am Boden, andauernd suchte sie etwas, Zeug, das unter der Pantoffelsohle getroffen war, wie sie erklärte. Der Mann verschwand. Iolanda merkte es nicht einmal. Ihr Geist hatte ein knapp zusammengefasstes Bild des Lebens gelernt: Im ersten Stock des Gebäudes lagen die Küche und der Empfangsraum, im zweiten die medizinische Versorgung, im dritten die Zimmerchen mit Scheiße am Boden und den an der Wand klebenden, göttlichen Boten, im Park mit der Magnolie und dem Mispelbaum die jungen und alten Frauen, die einen Weg der Umkehr suchten und beim Gang um einen zugemauerten Brunnen hinkende Gestalten voller Trugbilder wurden. Das war die Ordnung. Das und die Verführung durch das Brot, das man ihr mittags und abends gab, und das sie unter dem Bett versteckte, um sich einen Vorrat anzulegen. Aber sie fanden es immer, denn ihr Gehirn war nicht in der Lage, sich ein anderes Versteck in Reichweite vorzustellen. Manchmal verschwanden die Brotscheiben von selbst, dann waren sie kein Zeitmesser mehr und keine Speise, die das Unbewusste beherrschte. Sie hatte bemerkt, dass sie einige Körperfunktionen wie das Gähnen und Nießen verloren hatte, also hatte sie begonnen, sie vorzuspielen, zusammen mit einer Falsettstimme, die die Bitte um ein Mittel gegen die stürmische Luft um sie herum imitierte. Der Tag im Irrenhaus von Miano verlief wie die Ankündigung einer Schlacht. Im Blick der Kranken spiegelte sich eine Abwesenheit, er machte das Gegenüber zunichte oder verkündete den Angriff. Gesten waren kapriziöse Hände in der Luft, der entstellte oder geschwächte Körper brach manchmal mit ausgebreiteten Beinen am Boden zusammen. Diese Tätigkeiten weckten nie den Verdacht, sie seien notwendig, stattdessen schienen sie Geständnisse und praktische Vollzüge der Mysterien zu sein. Iolanda schaffte es, die Tage nicht zu zählen. Das Irrenhaus wurde für sie zu einer zeitlosen Bühne, auf der die Entbehrungen sich in Gefühle und in erotische Obsessionen verwandelten. Sie berührte sich. Mit dem Finger folgte sie dem Rand der Vulva wie einer Bahn, die zu einer Abtrennung der Seele führte. Das war das Vorgehen, mit dem sie ihre Empfindungen auf ein resigniertes Knirschen reduzierte, und das sie dann zum Weinen brachte. Denn ihr war eine tierische Macht in den Körper gefahren, die Freiheit, sich selbst zu begeifern und sich als einen geheimen Mittelpunkt zu suchen. Sie hatte nicht einmal bemerkt, dass niemand von ihrer Familie sie besuchen kam. Als der initiatorische Übergang kam, der auf die Abwesenheit von allem vorbereitet, verliefen die Tage in Form von Aussonderungen und Schritten hin zur Utopie des Herauskommens. Jeden Morgen stellte sie die Füße auf die kalten Fliesen des Kämmerchens (aus Kies, mit gelbbraunen Flecken) und begann ihre Rede, die nie auf den Punkt kam. Alle Worte waren Wiederholungen von Gegenständen und boshaften Dingen, die im abschließenden Murmeln verschwanden. Drei Jahre später kam Adelì sie holen und brachte sie zurück nach Hause. Aber das tat sie nur, weil sie die bösen Zungen im Dorf nicht mehr ertrug, die von Zeit zu Zeit sagten: »Adelì, was hast du bloß getan? Sie war doch so schön!« Und weil sie einen Bewerber für die Tochter gefunden hatte, einen Schuster, der der ganzen Familie Treue schwor und erklärte, er nehme Iolanda auch bitterarm und ein bisschen verblödet, wenn man sie ihm gab.

Zurück im Haus, blieb Iolanda keinen Augenblick still sitzen. Sie ging hin und her, schürte das Feuer, rupfte das Huhn, wusch die Wäsche, schaukelte mit dem Kopf, wenn jemand sie rief. Doch bevor er die Richtung fand, in die er sich drehen musste, bezweifelte der schaukelnde Schädel wahrscheinlich, dass sein Name Iolanda war. Sonntags spazierte sie mit ihrem neuen Verlobten durchs Dorf, ein ausgemergelter Mann, aber mit Sanftmut im Leib. Sie war noch immer schön. Schön und verblödet. So sehr, dass man ihr, damit sie stillstand, einen scharfen Befehl geben musste, wie einem Hund.

Durch Liubaldis Fenster verschwand die schiefe Mauer der Via dei Cagnazzi an der Rückseite der Häuser in einer dunklen Masse. Als meine Mutter die Geschichte von Iolanda zu Ende erzählt hatte, lag ihr Blick auf zwei aschgrauen Bäumen und dem Abgrund, der den Schatten der Bäume wiederkaute. Sie hatte bei der Schwester angefangen, um Rafele zum Mitgefühl zu bewegen. Er sollte in die Welt der Umbriello mit dem Gedanken eintreten, dass alle Gewalttaten miteinander verknüpft waren. Als sie dann begann, vom Tod ihres Vaters zu erzählen, war das Drama schon vorbereitet, es hatte sich selbst geschaffen und erzählte von allen Seelen.

1933 bekam Adelì eine Lungenentzündung. Sie lag sieben Monate im Bett, von Oktober bis April. Maria versorgte sie mit warmen Tüchern und Brühe. Der Arzt des Städtchens kam einmal in der Woche, um ihr Spritzen und einen grünen Saft zu verschreiben. Jeden Morgen verabschiedete sich Biasino zerstreut von seiner im Bett vergrabenen Frau. Nach einem Monat war sein Lächeln zu einer undurchdringlichen Grimasse geworden, nach drei zu einer Art Grollen.

Biasino sah gut aus, er hatte blaue Augen. Und er war einen Körper, der versorgt werden musste, den er nicht mehr nehmen konnte, sofort leid geworden.

Er hatte eine Frau kennengelernt. Eine aus der Stadt, die in einem Laden an der Piazza von Villaricca als Frisöse arbeitete. Sie war jünger als Adelì, frischer im Fleisch, von robuster Gesundheit. Perfekt geschminkt und parfümiert ging sie über den Corso. Sie hatte kleine Brustwarzen mit einem hellrosa Hof, einen Arsch wie ein gespaltener Mond und so üppige Locken, dass man Perücken für drei Köpfe daraus hätte machen können.

Dieses Verhältnis währte schon einige Zeit. Biasino brachte die Madam in ein Hotel an der Via delle Cocozze hinter dem Viertel der Wollhändler. Und bei schönem Wetter aufs Land, mit dem Karren und einem Korb Freselle, die in Wein getunkt wurden.

Der Akt konnte mitten im Maisfeld oder zwischen den Binsen stattfinden. Von den Träumen, die meine Mutter geträumt hatte, um die Leere in ihrem Geist zu füllen, behielt sie einen, den sie nie mehr hatte auslöschen können. Es war die Orgie des Schicksals, der Abstieg in die Hölle, wo Biasino zwischen Steinen und Wurmfamilien, Pisse und Pudergeruch erscheint, ohne Hose rücklings auf dem Boden liegend, nachdem er sich von der Frau gelöst hat; wo die Frau, eine Gestalt aus rosarotem Papier, ihre Hand auf Biasinos schlaffes Glied legt; wo Biasino mit einem Grashalm im Mund entleert und stumm ruht wie die Tiere, für die der Himmel mit der Weide und den Würmern verschmilzt; wo die Frau aber mit der Stimme einer ersterbenden Glocke und ihrem Kopf auf Biasinos Brust sagt: »Ist es wirklich sicher? Sie stirbt?« Und er antwortet, als spränge er aus einem fahrenden Zug: »Seit Monaten steht sie nicht aus dem Bett auf. Sie ist eine Kerze, die verglimmt.«

Biasino wurde kühner. Sagte der Frau, bald würde das neue Leben kommen. Der Plan stand schon fest: im geeigneten Moment die kleineren Kinder ins Internat stecken, den größeren würde er einen Teil der Felder und den Obsthandel überlassen, um sie zu beruhigen. So könnten sie beide wieder zu leben beginnen, ohne ein Kainsmal auf der Stirn.

Dann fahren Biasino und die Frau eines Tages auf ihrer Rückkehr in den Ort durch die Ruinen eines alten Aquädukts. Am Fuß der Stützbögen frisst eine kleine Herde das spärliche Gras. Gerade hat der Karren den Saum der Böschung voller Schutt und weißer Knochen gestreift. Die Stute tritt in ihre eigenen Spuren vom Hinweg. Ihre großen Lider erzittern unter einer Fliegenwolke. Der Mann hockt zwischen den Binsen. Er zielt mit dem Gewehr auf die Frau und feuert. Es ist kein Geheimnis des menschlichen Wesens, das erklärt werden müsste. Eine Sekunde, bevor er Blut vergießt, kann Biasino der Frau zuflüstern: »Lauf weg!«

Ein paar Stunden später geht Aristide Pezzullo, der Sohn von Liborio Pezzullo und Concetta Caprese, jahreszeitenbedingt Schafhirt und ständig Bauer, sich auf der Gendarmerie stellen. Er sagt, er beruft sich auf das Ehrendelikt, denn er war der erste Liebhaber der Frau, als sie in den Ort kam. Auf wen er schießen wollte?, fragen sie ihn. Auf die Frau, antwortet er. Die Sonne habe ihm in die Augen gestochen, und in dem Moment habe Biasino ihn gesehen und sich auf die Hure geworfen, um sie zu schützen. So sollte es nicht ablaufen. Und wie viele Schüsse er abgegeben habe? Einen, nur einen, mit geblendeten Augen. Dann erinnert er sich an nichts mehr, nicht mal, wie er in die Polizeiwache gekommen ist.

»Also ging es nicht um Grenzstreitigkeiten oder Schutzgeld für den Obstverkauf?«

»Nein. Ich wollte das Hurenweib töten.«

Die Gendarmen hören nicht auf, ihn anzustarren. Der Mann hat einen sauren Atem, das Profil einer Ziege und eine Schädelform, die zum Verbrechen prädestiniert: affenartige Stirn, ausgeprägte, gebogene Augenbrauen, vortretende Wangenknochen.

In ihrer Erzählung kehrte meine Mutter zu dem Feld zurück, das noch immer unbewegt im Morgennebel lag, und zu ihrem Vater, dessen Oberkörper über den Saum der Landstraße ragte, die Beine hingen im Graben.

Vor Rafeles Augen stand erbarmungslos das Bild des Mannes am Boden und seines Herzschlags. Die Haare der Miss kitzelten ihn am Hals. Er hätte sie gerne von sich weggeschoben, zusammen mit ihrem Atem und ihrer grausamen Geschichte. Doch Vincenzina war schon weiter, im Wohnraum in Villaricca, dunkel und verborgen wie die Höhlen der unterirdischen Totenstädte. Dort war ihre Mutter mitten in der Nacht aufgestanden, gebückt und schnell, wie eine Gestalt unter Bombenhagel. Sie hatte das Schultertuch genommen und war hinausgegangen.

Am Morgen standen die Kinder auf, die Hemdchen zu Falten und Würsten zerknautscht, und stießen die Tür auf. Niemand war zu sehen, Adelì nicht, Biasino nicht. Auf die Verwandlung der beiden in kleine Hügel aus Mist, Zweigen und Nebel musste man noch warten.

Um diese Zeit stand Adelì vor den Gendarmen, die sie mitten auf den Feldern gefunden hatten. Sie musste aussagen, über das, was sie gesehen hatte: Biasino, den Toten, den man umgebracht hatte.

Sie hatte die Stute und den Karren gesucht, als die Gendarmen sie riefen: »Halt! Stehen bleiben!« Und sie antwortete: »Was wollt ihr?« Die Gendarmen: »Bleibt stehen, sonst schießen wir!« Aber auf wen wollten die denn schießen, wo sie doch ein Blatt im Wind geworden war! Im Büro der Gendarmerie rekapitulierte sie die nackten Tatsachen: ein hurender Ehemann, umgebracht, die Stute und der Karren verloren.

»Bringt mich nach Haus, kann sein, dass die Stute zurückgekommen ist …«

Als sie vor dem Stall ankam und den Karren und die Stute an ihrem Platz sah, weinte sie.

Ein paar Monate später rief sie bei Tagesanbruch die Kinder zusammen, um auf die Felder zu gehen. Den Kleinsten band sie ein Seil um den Bauch, dass sie einer am anderen hingen wie ein Kastanienzopf. Als sie losgingen, verblasste der Mond gerade über ihren Köpfen. Die Welt schien fast leer. Nach und nach ließ sie sich wiedererkennen, am gläsernen Gras unter den Stiefeln und am Aufruhr der Vögel in den Büschen. Bei den Obstbäumen angekommen, würden sie die unreife Seite der Annurca-Äpfel zur Sonne drehen. Mittags würden sie nach Hause zurückkehren, nicht mehr ans Seil geknüpft, weil der Nebel sich um diese Zeit wegbewegte, um über dem Röhricht eine Art prähistorischen Schleim aufzulösen. In der Nähe des Schilfs zeigte Adelì plötzlich auf die Stelle, an der Biasino zusammengebrochen war. Sie hatte nie darüber gesprochen, aber jetzt redete sie hemmungslos, als hätte die Erde selbst es von ihr verlangt.

»Da war's, seht ihr?«

Sie sahen ihn. Einen dunkelgrünen Streifen bis hinunter zum schlammigen Wasser. Den Entwässerungskanal und ein paar aufgeschreckte Schnecken. Der durchwühlte Boden sah aus wie ein Streifen Land, das jemand planlos umgegraben hatte. Biasino, ihr Vater, sagte Adelì, sei die Böschung hinaufgekrochen wie ein in zwei Teile zerhackter Wurm, wer weiß, wie er sich abgeplagt hatte, in der Hoffnung, bis zur Landstraße zu kommen und von jemandem gesehen zu werden.

Adelì ließ den Kindern keine Zeit, sich eine dramatische Vorstellung vom Geschehen zu machen.

»*Acalateve a fatica'!* Bückt euch und arbeitet!«, schrie sie.

Die Tage, die folgten, waren für meine Mutter nicht immer nur schmerzhaft. Es gab auch die Sonntage, an denen die Brüder ihr und den Schwestern Streiche spielten. Einer wurde zur Frau, und ein anderer ließ die Hose runter, um das Mannwesen zu treiben. Adelì nahm den Stock, aber statt auf Knochen zu schlagen, schwang sie ihn durch die Luft und biss die Lippen zusammen, um nicht zu lachen. Vincenzina lief den großen Schwestern hinterher, beobachtete sie, wenn sie sich mit Lippenstift bemalten und die Brüste in den Körbchen zurechtrückten. In der Luft lag ein Geruch nach gebratenen Zwiebeln und gespicktem Fleisch. Die Brüder besprühten sich mit Parfüm und gingen aus wie gestriegelte Wölfe. Vincenzina spähte in den Stall. Sie beobachtete das Zicklein, das die überkreuz verklemmten Beine voneinander gelöst und gelernt hatte, im Stehen zu zittern. Mittags ging sie dann mit den Schwestern in die Kirche, um die alten Weiber zu hänseln, die in stümperhaftem Latein zum gekreuzigten Christus sangen.

Keiner kann immer Kind bleiben. Die heranwachsenden Brüder verwandelten sich in hundsgemeine, abscheuliche Männer. Sie stahlen ihr und den Schwestern Tischtücher und Laken von der Aussteuer. Die verkauften sie. Von dem Geld kauften sie Zigaretten, Netze zum Vogelfangen, und dann gingen sie zu Huren.

Als Vincenzina ihre Menstruation bekam, schickte Adelì sie in die Stadt, denn auf dem Land verschlissen die Körper schneller, und in Neapel konnte sie einen Ehemann finden, der kein Schuft war wie Biasino, ein Erbe im Blut, das sich nicht wiederholen durfte.

Aber das war nicht das wirkliche Übel. Das wirkliche Übel war, dass Adelì, je mehr sie alterte, ihre Seele verlor. Vielleicht hatte sie eine stillverschwiegene Seele gehabt, mit Sicherheitsnadeln an ihren Kleidern befestigt, die nach gekochtem Huhn stanken. Das Alter hatte ihr zwei geschwächte Geister aufgebürdet. Der erste diente dazu, mit dem Ohr am Radio zu kleben, das vor wenigen Monaten ins Haus gekommen war. Mit seliger Miene lauschte sie den Liedern von Giacomo Rondinella und Sergio Bruno. Als hätte die Musik sie für den Rest des Tages zu besessenem Tun angeregt, rollte sie mit dem anderen Geist fortwährend ihre grauen, zerschlissenen Strümpfe von den Knöcheln bis zum Knie auf, zählte die Bettlaken und Tischtücher in der Truhe und verfluchte die Söhne, die kein Geld nach Hause brachten, aber dabei verwechselte sie die Namen, und so war niemand mehr sicher, ob das »fahr doch zur Hölle zu deinen Großvätern« oder das »sollst dir 'ne blutige Nase holen« wirklich ihm galt. In dieser senilen Ordnung war die Verwünschung unterschiedslos und universell geworden.

Es gab Tage im Winter, da Adelì mitten auf der Tenne, im schneidenden Wind, der von Oktober bis April durch das Städtchen fegte, den Kern ihres Unglücks herausschrie. In seiner Spur flogen der Name ihres Mannes, die Schulden, die für die Aussaat der Felder gemacht wurden, die Kinder und die aufgehängten Lappen hinterher. Diese Kraft, sich gegen das Leben aufzulehnen, hatte sie noch nicht verloren, ebenso wie sie noch immer Kraft genug hatte, sich in den Stall zu schleppen und das Viehfutter zuzubereiten.

Rafele war wie versteinert. In welches Unheil war er da geraten? Vincenzina stand vor dem Balkon, die Stirn an die Scheibe gelehnt. Sogar sie zu trösten war gefährlich. Er musste Distanz schaffen, sie sofort aus seinem Leben entfernen. Die Miss kam aus einer groben Familie mit der Gewalt im Blut, es gab keine Hoffnung, er würde sie niemals in den Familienclan der Maiorana einführen können. Ein Ausweg musste gefunden werden, bevor sie sich zu viele Illusionen machte.

Er merkte nicht, dass er schon begann, sich die Wirklichkeit mit einer falschen Seele zurechtzuzimmern, und dass ein Geist des Beistands einen dunklen, wogenden Fleck auf Vincenzinas Rücken abgelegt hatte. Er fragte sich auch nicht, warum die Miss ihn jetzt an die Schiffe im Sturm erinnerte, die er als Junge gemalt hatte. Er hatte sie immer in starker Schieflage gemalt, die versinkende Seite in einem düsteren Blau. In der gleichen Haltung lehnte Vincenzina jetzt an der Balkontür. Er ging zu ihr hin. Vincenzina hatte das Gebaren einer Gestraften angenommen und konnte es nicht aufgeben. Man musste sie von der Fensterscheibe wegholen, und das bedeutete vielleicht, sie dem Kampf mit einem stürmischen Meer zu entreißen.

Die Miss stürzte sich mit geschlossenen Augen auf ihn, bebend, wie vom Wind geschüttelt. Derselbe Sturm drückte beide aufs Bett von Liubaldi. Rafele presste sie an sich und spürte sie wie einen Körper, in dem sich alles verwirrt. Er biss sie in den Hals.

»Rafè, du tust mir weh ...«

Die Miss war voller Kanten, hatte aber einen weichen Bauch. Rafele legte eine Hand an ihren Hals und die andere zwischen die Schenkel.

»Rafè, hast du mich lieb?«

»Red nicht, lass mich, lass mich machen.«

Als mein Vater sich mit einem betrunkenen Brummen von ihr löste, verlangte meine Mutter kein anderes Leben. Sie ging sich waschen, dann faltete sie die Kleider meines Vaters zusammen, die auf den Boden gefallen waren. Sie half ihm, seinen Scheitel zu ziehen, rückte seinen Hemdkragen gerade und stopfte ihm den Hemdzipfel in die Hose, denn so machten es die Frauen der Nachkriegszeit, wenn sie spürten, dass ihr Mann müde war.

Rafele redete sich mit Überstunden heraus, so konnte er sie sich vom Leib halten und die Begegnungen auf eine einzige Verabredung am Sonntag im Vico dei Cagnazzi reduzieren.

Meine Mutter mochte die Sonntage in Neapel nicht. Der Bus war leer, und der Schaffner starrte sie abschätzend an. Vor dem Teatro Bellini stieg sie aus und sah eine schlafende Stadt. Kein Mensch war auf der Straße, außer ein paar Streunern, die an den Mauern entlangschlichen und laut mit sich selbst sprachen. Man hörte den Pfiff des Karrens mit Lupinensamen, der durch die Gassen hallte, aber sie konnte ihn nicht entdecken. Ihr Absatz blieb im Spalt zwischen den Pflastersteinen stecken und verbog sich. Sie zog die Sandale aus und schlug damit gegen eine Hauswand, um die Nägel in ihr Loch zurückzustoßen. Löwengesichter beobachteten sie aus einem Haufen schmutzigen Marmors, als sie an den Bögen der Torwege vorbeiging. Auf der Brücke des Sanità-Viertels blieb sie stehen, um Atem zu holen, wie sie es immer tat. Sie sah die Häuser im Graben des Viertels, die wie eine Ansammlung Baracken am Dorfrand gebaut waren. Die Pflastersteine bedeckten ein schiefes Gelände, und unter ihr lag verstreut ein schwindelerregendes Auf und Ab aus Tälern und Hügeln, wo die hohen Häuser Stützpunkte und Widerstandsflächen bildeten. In einigen Innenhöfen stand noch ein alter Baum, die Blätter vom Mistral gequält. Der Lupinensamenkarren pfiff noch immer seinen Lockruf. Mitunter näherte sich das Geräusch, dann wurde es schwächer und ferner. Sie ging durch die Schläfrigkeit der Gassen, und der Pfiff führte sie zu Liubaldis Zimmer.

»Nein danke, Rafè, ich mag nicht.«

Rafele hat sie mit einer Packung Törtchen und einer Flasche Marsala überrascht. Was er feiern will, ist nicht klar. Vincenzina setzt sich auf den Bettrand und wartet. Keiner der beiden spricht, denn das Leben scheint sich woanders abzuspielen. Aus der Nachbarwohnung hört man ein stockendes Grammophon. Die Stimme von Alberto Rabagliati singt *Ba ba baciami bambina* ohne Anfang und ohne Ende, dazu im Hintergrund ein Geräusch von Kies. Man ahnt die Hand, die die Nadel auf der Platte anhält. Rafele schaut auf die Uhr und sagt: »Ich habe nicht viel Zeit, heute Abend muss ich früh weg.« Sie zieht sich sofort aus, weil sie Rafeles Hunger kennt. Rafele zieht sich nie ganz aus. Das wärmende Unterhemd und die Socken behält er an. Meine Mutter sagt: »Zieh sie aus, sie kratzen.« Keuchend zieht Rafele sie aus. Dann steigt er auf sie, krümmt sich zum Buckel. Hinterher spricht sie nicht und macht ein schiefes Gesicht, also sagt er: »Ich warte auf eine Gehaltserhöhung, dann heiraten wir ...« Aber das sagt er nicht nur zu ihr. Rafeles Stimme hat einen geheimen Unterton, und der spricht zu einer bösen Welt, die zuhört.

»Hast du mich gehört?«

»Ja.«

»Und sagst nichts?«

»Was soll ich sagen. Ich freu mich.«

Sie freut sich nicht, sie ist voll Argwohn und möchte weggehen. Sie hat angefangen zu begreifen, dass der Schaltknopf für die Flucht in ihrem Inneren immer von der Scham gedrückt wird. Sie möchte im Zimmer von Liubaldi eine Strafe für sich finden. Einen Punkt oberhalb des Bettes oder an der Wand, in den sie sich zurückziehen kann, um in Ruhe zu toben.

Rafele schläft ein, wie immer nach der Entladung. Vincenzina bleibt liegen und mustert einen Druck an der Wand. Wie hässlich!, denkt sie. Es ist der blassblaue Körper eines Bacchus mit schlafschweren Lidern. Als sie zum ersten Mal in dieses Zimmer kamen, hat Rafele ihr das Motiv erklärt.

»Das ist ein lasterhafter Gott, Vincenzì. Er liebt den Wein, die Frauen und die Männer.«

»Was meinst du? Bringt der vielleicht Unglück? Hängen wir ihn ab?«

»Der gehört uns nicht, Vincenzì. Schau ihn nicht an.«

Dann hatte Rafele Lust bekommen, die Kitzelzwicker auf ihren Körper loszulassen.

Nichts an diesem misslungenen Bild gefällt ihr, außer dem Obstkorb und den Trauben, die den Zauber des gespiegelten Lichtpünktchens haben. Sie weiß nicht, dass aus diesem Zimmer ein anderer Mythos atavistisch auf sie zukommt.

Sie dreht sich um und betrachtet Rafele. Nimmt die Lampe vom Nachttisch und nähert sie seinem Gesicht. Wenn die Lampe eine Laterne wäre, würde Öl heraustropfen. Sie fährt mit dem Finger um das Gesicht herum, bis sie seinen ganzen Umriss gezeichnet hat. Sie streichelt ihn. Statt Fleisch spürt sie Federn. Rafele öffnet die Augen und sagt: »Du hast mich nicht geweckt, es ist spät geworden.« Er zieht sich hastig an, müht sich vergeblich, Unterhose und Socken zu finden, die in die Laken verwickelt sind. Als er fertig ist, sieht er, dass die

Miss wieder am Balkon steht, mit dem Rücken zu ihm, und hinausschaut.

»Bist so still, Vincenzì, was hast du?«

Meine Mutter betrachtet die Stadt. Sie ist in einem Licht hinter den Häusern begraben, verklumpt zu einer Masse aus Tuffstein und Teer über einem erstickenden Gewirr aus Höhlen, Nieswurz, Lorbeer, Efeu, Farn. Sie antwortet verspätet, als spräche sie eher zu einer Stelle auf der Erde als zu Rafele.

»Nichts, ich hab nichts, gehen wir.«

Sie gingen stumm die Gasse hinunter. Er begleitete sie zur Haltestelle Foria. Vincenzina stieg in den Bus.

»He, kein Wort zum Abschied?«

»Jaja, ciao ...«

Rafele begriff, dass Vincenzina Misstrauen in sich trug. Er erstarrte und hob nicht die Hand, wie sie es jetzt tat. Als der Bus sich in Bewegung setzte, kam ihm durch das Fenster eine in die Länge gezogene, schwindsüchtige Vincenzina entgegen, die mit der Hand hin und her wedelte, als wollte sie ihn wegwischen.

Auf der Anrichte im Salon in der Via Duomo brannte die Lampe der Heimlichkeit. Manchmal verfremdeten sich die Gesichter der Maiorana in diesem Licht und versanken darin. Lisuccia hatte sich hierhin zurückgezogen, um mit Leopoldo zu sprechen.

»Nun, was weißt du über dieses Mädchen?«

Leopoldo freute sich. Die seit Jahren in Traurigkeit verschlossene, unerreichbare Mutter brauchte ihn jetzt und bat ihn um eine besondere Vertraulichkeit. Er antwortete ohne zu zögern, darüber versäumte er, diese Intimität auszukosten.

»Ihr Name ist Vincenzina. Vincenzina Umbriello. Sie stammt aus einer Kleinstadt, die Villaricca heißt. Mehr weiß ich nicht.«

Die Informationen kerbten sich in Lisuccias Gedächtnis ein wie tiefe Markierungen.

»Leopò, tu mir einen Gefallen.«

»Was immer Ihr verlangt, Mama.«

Der kalte, hellblaue Regen in den Augen der Mutter wanderte von ihm auf die Wand in seinem Rücken. Dann kam die Stimme, mit dem Brennen der Angst.

»Versuch herauszufinden, ob deinem Bruder wirklich an dieser Signorina gelegen ist.«

»Ich weiß nicht, wie ich das machen sollte, Mama. Rafele ist verschwiegen, er vertraut sich niemandem an, nicht mal mir.«

»Ich weiß. Er ist nicht wie du. Du bist durchsichtig. Aber du musst es versuchen. Finde einen Weg, forsche ihn aus.

Auch ich werde Erkundigungen einholen. Ich gehe zu Don Liborio, dem Dompfarrer.«

Er wollte die Mutter nicht enttäuschen. Lisa Campanini hatte ihre majestätische Einsamkeit aufgegeben, um Hilfe zu erbitten, und er würde alles Erdenkliche versuchen, damit er sie zufriedenstellen konnte. Er ging in sein Zimmer und legte sich aufs Bett, um zu sinnieren. In seine Gedanken schlich sich von Zeit zu Zeit das mütterliche Urteil über ihn: »durchsichtig«. Dieses Wort schnitt allen anderen Wörtern eine Fratze und brachte ihn auf die Idee des Betrugs.

In dieser Nacht konnte Rafele nicht schlafen. Er wälzte sich im Bett hin und her, weil er sich von Leopoldo beobachtet fühlte. Seit jeher schliefen sie im selben Zimmer, doch jetzt wünschte er, der Bruder würde verschwinden.

»Schläfst du, Rafè? Zu viele Gedanken, was?«

»Warum kümmerst du dich nicht um deinen Kram?«

»Weil ich auch nachdenke, über etwas ... Hör mal, Rafè, würdest du sie an mich weitergeben?«

Er tat, als hätte er die Frage nicht verstanden.

»Was meinst du? Was soll ich dir weitergeben?«

»Das Mädchen, die Frau, mit der du ausgehst.«

Dass er feige war, wusste er. Er war bei seinen Leidenschaften, den Eltern und der Arbeit feige gewesen, aber niemals wäre er auf die Idee gekommen, dass die Feigheit ihm zum Wagemut eines Glücksspielers verhelfen könnte. Vincenzina einem anderen überlassen, sie im Dunkeln eintauschen, zwischen sich und die Miss eine unüberbrückbare Entfernung legen ...

»Du hast doch immer meine Uhr und meinen anthrazitgrauen Anzug gemocht. Was sagst du dazu? Das sind wertvolle Sachen ... Komm schon, sie wird es nicht merken, wir gleichen uns wie ein Ei dem anderen.«

Früher hatten sie Freunde und Lehrer getäuscht, oft hatte es geklappt, wenn einer sich für den anderen ausgab. Die Augenfarbe, die war allerdings ein Problem. Eine Frau schaut dich genau an, wägt alle Teile deines Körpers ab und vergisst kein einziges Muttermal. Doch angenommen, Leopoldo würde die Miss abends, im Halbdunkel des Zimmers empfangen, würde vorher ein paar Birnen herausdrehen und sich danach unter einem Vorwand davonschleichen, während sie ins Bad ging, um sich zu waschen ... In solchen Situationen zählte die Perfektion einer Theaterregie. Und sein Bruder, dieser Hurengeher, konnte wirklich sein Spiegelbild abgeben und ihn mit einem Schlag von Vincenzina befreien.

In einer Hand drückte Rafele das Kampfersäckchen, das seine Mutter in jedes Bett steckte. Lisuccias Lebensangst war vom Weltkrieg auf die Bakterien und Viren des Planeten übergegangen. Bedrohungen, die im Verein mit den entsprechenden krampfhaften Vorsichtsmaßnahmen über die Wohnung hereingebrochen waren, dem Kampfer, den Schlachten gegen Staub und Insekten. Nähte, die beim ewigen Hinausschieben des Todes helfen sollten.

Der kleine Barren Kampfer zerkrümelte in seiner Faust, und Rafele betrat den Irrweg des Lebens.

»Einverstanden, du gehst zum nächsten Treffen. Ich zeige dir, wo es ist, und sage dir, was du tun musst.«

Leopoldo hörte ihm zu wie ein Hungernder. Er hatte Angst vor Frauen, und wenn er sie auf den Kauf eines Körpers reduzieren konnte, fand er eine Richtung für seine Erregung.

»Das Treffen ist am Sonntag. Ich verschiebe den Zeitpunkt, ich lasse sie abends kommen. Sie hat eine Kopie der Schlüssel, wenn sie hereinkommt, liegst du schon im Bett, ohne Licht.«

»Aber was machen wir mit den Augen, Rafè? Das ist ein Risiko.«

»Willst du sie, ja oder nein?«

»Ich will sie.«

Bevor sie einschliefen, wurden sie sich mit ihren gespaltenen Seelen einig. Rafele träumte von Vincenzina. Sie ging in der Via Poggioreale, der Straße, die nach oben zum Friedhof führt, unter einer sengenden Sonne vor ihm her, weiß und blendend, und sagte: »Komm, komm mit ...« Dann verschwand sie im Tuffstein der Mauer, und er fand sich in der Gruft unter der Familienkapelle wieder, zusammen mit den Brüdern. Es herrschte noch Krieg. Ennio Maiorana hatte sie dort unten versteckt, um sie vor der Zwangsrekrutierung zu bewahren.

»Rafè, Münzenkarten und zwei Stiche.«

»Und wir haben die goldene Münzensieben und dreimal Stich.«

Leopoldo, Fabrizio, Berto und er spielten Scopone auf dem Deckel des Steinsargs mitten im Raum. Dann zählten sie die Grabnischen, ein Dutzend insgesamt, sie datierten von der zweiten Hälfte des 19. bis zum Anfang des 20. Jahrhunderts. Sie lasen die Namen, auf die rühmende Adjektive folgten: *bedeutend, ehrbar, fromm, liebevoll, rechtschaffen, erleuchtet, gottesfürchtig, engelsgleich, treu, nobel* ... die Tugenden, die nach dem ausgelöschten Leben kommen.

Am Ende war Vincenzina wiederaufgetaucht, sie fragte ihn: »Heiraten wir, Rafè?« Und während er den Ablauf und den Überrest der Leben als chaotische Realitäten empfand, antwortete er: »Wir heiraten, Vincenzì, du kannst dich drauf verlassen, wir heiraten.«

Beim Aufwachen spürte Rafele, dass der Traum ihm das Begehren und das mächtigere Gespenst einer leidenden Vincenzina ins Fleisch geprägt hatte. Ihm wurde bewusst, dass er durch den Verzicht auf die Miss an unerfüllter Wollust erkranken würde, wie es ihm ergangen war, als er aufgehört hatte, Schiffe im Sturm zu malen.

Er stürzte zum Bett des Bruders. Packte Leopoldo am Pyjamakragen und schüttelte ihn.

»Vincenzina gehört mir, du rührst sie nicht an, verstanden? Ich heirate sie, verstanden? Ich heirate sie!«

Dann zog er sich eilig an und verließ das Haus mit dem Ungestüm des Menschen, der aus einer Welt flieht, in die er nicht mehr zurückkehren kann. Auf die Gasse fiel der Widerschein weißen Sonnenlichts.

Leopoldo beobachtete den Bruder vom Balkon aus. Als Rafele hinter der Mauer des Decumano verschwand, lief er der Mutter Bericht erstatten. Lisuccia hörte dem Sohn zu. Die Hände in einem Teig aus Mehl und Eiern vergraben.

Du bist aus dem Nichts und der Angst gekommen, Ma. Bist einem Mann begegnet, der aus dem Absturz und der Feigheit kam, als die große Geschichte die Männer schon gedemütigt und vernichtet hatte. In einer Stadt, wo die bessere Welt nur ein Bündnis zwischen einem fremden Heer, der neuen Regierung und dem organisierten Verbrechen war.

Ich sehe dich, wie du an einem Marktstand in der Vergini den amerikanischen Unterrock kaufst, dazu einen Büstenhalter und zwei Unterhosen. Es heißt, das seien gebrauchte Sachen, unter die neuen gemischt, die in großen Mengen am Hafen ankommen und von der Camorra auf den Straßenmärkten der Stadt verkauft werden. Nylonstoffe, wenige Baumwollfasern, behandelt mit Wäschestärke und Farbstoffen, von denen du nichts weißt. Du wühlst in den Haufen gefärbter Kleidungsstücke und kaufst die Unterwäsche. Die grellen Farben blenden dich. Sie lähmen, diese Rosas, Hellblaus, Gelbs und Rots, zusammen mit dem anderen Licht der Stadt, das weiß ist auf den Dächern, blau in den Torbögen, wie Öltropfen auf den Gesichtern, dunkel und wirbelnd über den Pflastersteinen. Manchmal musst du anderen Frauen die Ware, die du dir ausgesucht hast, aus den Händen reißen. Du musst sie anschreien: »Hab ich zuerst gesehen!« und sie mit Blicken töten, die nicht loslassen. Der Unterrock ist rosa. Hat Spitze auf der Brust und unten am Saum und zwei weiche Träger, die immer über die Schultern rutschen. Du trägst ihn bei jedem Treffen mit Rafele. Wenn du wieder zu Hause bist, wäschst du ihn und hängst ihn in die Sonne. Auch gestern hast du das getan. Du hast ihn auf der Tenne abtropfen lassen, und dann hast du dich im Haus auf den Zementboden geworfen. Du hast geweint und den Brüdern erzählt, dass dein Liebhaber aus Neapel dich mit falschen Versprechungen reingelegt hat und jetzt abhauen will. Du weißt, dass deine Brüder böse sind, doch jetzt willst du Genugtuung und Rache, weil du dich anders nicht wehren kannst.

»Sag uns, wo er ist und wie er aussieht, wir kümmern uns drum.«

»Er arbeitet in der Stadtverwaltung, in der Abteilung San Lorenzo und Vicaria. Er ist klein, hat einen Schnurrbart und zwei Goldzähne. Beim Gehen verdreht er ein bisschen den Fuß. Er hat aber kein Hinkebein, das ist eine Familienangewohnheit. Verprügelt ihn nicht, ich will nur wissen, was er vorhat.«

Die Brüder nehmen bei Tagesbruch den Bus. Sie erwarten den Betrüger vor der Stadtverwaltung. Als Rafele erscheint, versperren sie ihm den Weg und stoßen die Drohung aus.

»Vincenzina ist minderjährig. Pass auf, was du tust.«

Mit ihren barbarischen Gesichtern, Gesichtern aus dem Land der Überlebten, verstärken sie die Drohung.

»Du musst sie heiraten, wenn nicht, zerschlagen wir dir die Beine!«

Rafele senkt den pomadisierten Kopf und schwört. Schwört, dass er ehrliche Absichten hat, er muss es nur noch seiner Familie sagen.

»Oha, die Familie! Denk auch an unsre, kapiert?«

»Ihr habt ja recht, natürlich ...«

Als das grobe Rudel auf der Gasse verschwindet, läuft er die Treppe von San Lorenzo hinauf und verkriecht sich im

Klo des Archivs, dritte Tür rechts vom Eingang. Dort weint er wie ein Kind, eingezwängt zwischen dem Gestank nach Urin und dem der staubigen Aktenordner, der bis ins Klo dringt.

Dort, wo ich sie zurückgelassen habe, geht meine Mutter über die Felder. Sie will zu dem Baum mit dem Loch, darin hat sie sich als kleines Mädchen versteckt. Sie war vier oder fünf Jahre alt, erinnert sich aber genau. Auf dem runzeligen Holz des Stammes gab es Phantasiegestalten: gefiederte Körper, Vogelkrallen und eine Reihe Kratzer wie eine primitive Schrift. Doch als sie beim Baum ankommt, entdeckt sie, dass die geheimnisvollen Zeichen erstarrt sind. Sie haben das Aussehen eingeschüchterter Furchen angenommen.

Im Hause Maiorana saß man über die Suppe gebeugt, als Lisa Campanini sich zum Sprechen entschloss.

»Wir haben Erkundigungen eingeholt. Sie arbeitet als Dienstmagd, und der Vater wurde umgebracht.«

Damit hatte sie die Punkte der Schande benannt. Mächtige Mutter. Ihre Augen, hell und hart wie Kristalle, blendeten, als sie sich an Rafele wandte.

»Rafè ... du schickst sie zu mir, sag ihr, dass ich mit ihr sprechen muss.«

Der Tonfall hatte jenen ruhigen Ernst, der nichts als Gehorsam verlangt.

Rafele nickte ergeben, den Mut, zur Mutter aufzublicken, hatte er nicht. Der Gesichtsausdruck des Vaters war resigniert. Moira mit aufgerissenen Augen, die Brüder bestürzt, außer Leopoldo. Auf seinem Gesicht lag ein spöttischer und gleichzeitig feiger Zug.

Den blonden Zopf um den Kopf gewunden, im schwarzen Kleid mit weißen Punkten, dieser halbernsten Trauer, die mit dem toten Kindchen Filomena begonnen hatte und nie mehr enden würde, erhob sich Lisa Campanini.

»Du musst alles gründlich abwägen, Rafè. Bleib wachsam. Du bist ein Mann, mehr sage ich nicht.«

Der Vater zog sich in seine Arztpraxis zurück. Die Brüder standen einer nach dem anderen auf. Rafè ging aus dem Haus und irrte durch die Gassen, so wie Vincenzina vor wenigen Minuten über die Felder geirrt war.

Zwischen den Bogengängen von San Lorenzo und dem Vico San Gregorio, den Fondaci, den alten Mauern und dem Schmutz der Geschäfte spürte Rafele die heiße Sonne am Körper und einen Geist, der drängte, der ihn zwingen wollte, auf den Pflastersteinen niederzuknien. Er streifte die Mauer. Abstützen konnte er sich nicht. Denn er stellte sich vor, dass sich dahinter Leben und Dinge versteckten, die auf geheimnisvolle Weise mit seinem Schicksal verbunden waren: Fluchten, Unterschlupfe, Gefangenschaften, und dass die Tuffsteinblöcke einen ihm verwandten Stoff spiegelten, der in der Gasse versunken war. Er dachte an seine Mutter. Der Schemen seiner Mutter verfolgte ihn Stein für Stein wie der Hinterhalt eines krankhaften Reflexes. Doch statt ihn zur Rückkehr anzutreiben, drängte der Schatten ihn, weiter umherzuirren, bis hin zu einer dunklen Verzweigung am Ende der Gassen. Er konnte nach Hause zurückgehen, aber er tat es nicht. Er fing an, sich kleine Ziele zu setzen, um das Vagabundieren zu beenden. Der Zeitungskiosk, die Marktstände, die Ädikula von Sacro Cuore, die Abzweigung zur Via dei Tribunali, das Hutgeschäft am Ende der Straße. Es gab kein Ende.

Eier, Amulette, Zwiebeln und Knoblauch, zu hohen Stößen aufgeschichtet. Die Waren versperrten ihm die Sorge, und die Gassen stützten ihn mit einer Welle aus Erbarmen, vermischt mit dem Züngeln von Gewalt. Da war niemand, dennoch ahnte man aufgestauten alten Schweiß, und hinter den Fenstern sah man Gesichter, die murrend die Welt in der Tiefe beobachteten.

Im Haus in Villaricca hatte Adelì soeben Brot gebacken, und jetzt hasste sie dessen Geruch. Er war übervoll von Duft und Mitleid und umwehte sie pulsierend wie ein zu guter Atem, während sie leise zischte: »Sechs Mädchen hab ich geboren. Sechs Huren, die nach Neapel gehen und schwanger zurückkommen.« Über diesem Zischen verging der Tag, und wieder kam eine Nacht. Niemand im Haus wollte sprechen, weder von Taten noch vom Warten. Alle gingen schlafen, die Frauen in dem breiten Bett, die Männer auf den Pritschen. Jede Nacht nahm der große Raum das Aussehen eines Lazaretts an, mit vielen Lagerstätten an den Wänden und einem Katafalk voll schlafender Frauen in der Mitte. Die Atem vermischten sich, die Gedanken machten die Runde von einem Kopf zum anderen. Die Stille wurde eine von Atemzügen und Ausgespucktem verstopfte Grube.

Vincenzina erwachte früh am Morgen. Um neun Uhr ging sie nach draußen. Sie ging zur Rückseite des Hauses, wo die Reihen der Pfirsichbäume begannen, und suchte zwischen den Bäumen nach der richtigen Stelle. Noch herrschte ein vormenschliches Licht, das Licht einer einsamen Welt. Sie hörte das Geräusch eines abfahrenden Lastwagens und seufzte erleichtert. Der Kaninchenstall, die Taubenschläge, sogar das zwischen zwei Baumstämme gespannte Netz, um Grünfinken und Stieglitze zu fangen, stimmten sie fröhlich. Die Welt ringsum war in einen Gestank von Stroh und Exkrementen getaucht, doch im Hintergrund besaß sie eine Uhr, ein hartnäckiges Ticken, welches das Wiederkäuen maß, die

Schnabelhiebe, das Scharren von Krallen. Jeder Schlag fand im Verklingen einen anderen, tieferen, und der richtige Rhythmus, von den Tieren bis zu den Pflanzen, blieb gewahrt.

Über Vincenzinas Gesicht flog ein Schatten: Die Erde handelte. Jederzeit konnte sie lähmen oder bezaubern, beides mit derselben Kraft. Doch wegzugehen bedeutete, nicht zu ihrer Sklavin zu werden und nicht an Rache zu erkranken, wie ihre Mutter. Sie ging zurück ins Haus und zog schöne Sachen an, denn Alfonso sollte kommen, der Cousin, der Fotograf war. Als die Brüder mit Rafeles Schwur und dem Licht der Verrohung in den Augen zurückgekommen waren, hatte sie beschlossen, ein Foto von sich machen zu lassen und es meinem zukünftigen Vater zu schenken. Das Foto musste gut werden, wie ein schöner Gegenstand. Glockenrock, Bluse aus Kunstseide, gewellte Haare, unsicheres Lächeln. Alfonso, der Dorffotograf, stellte sie unter einen Pfirsichbaum, ließ sie ein paar Zweige beiseitedrücken, als Rahmen, und stachelte sie zur nicht vorhandenen Fröhlichkeit an.

»Nun lächle doch mal, Vincenzì, mach nicht so ein langes Gesicht!«

Die Mutter, die mich gebären sollte, stahl irgendeinem Ding die Seele und lächelte. Während Alfonso den Fotoapparat vorbereitete, hatte sie nach oben geschaut. Sie fand sie nicht sofort. Sie fand diese hilfreiche Wolke nicht, die die Wipfel im Gleichgewicht hielt, wenn sie in den Kreislauf über den Bäumen eintrat.

»Geh ein bisschen zur Seite, Vincenzì. Ja so. Halt ... bleib stehen ...«

Alfonso verengte den Bildausschnitt auf ihr Gesicht und

den Rahmen aus Zweigen. Der Rest, eine Luft, die mit Wasser und Öl durchtränkt schien, ein verirrtes Lamm und zwei Stieglitze, die sich im Netz verfangen hatten, wurde weggeschnitten.

»Lachen, Vincenzì, du musst lachen!«

Es war das Jahr 1947. Oktober 1947.

Sechs Tage später kommt der Sonntag des Treffens.

Meine Mutter hat sich mit kindlicher Phantasie darauf vorbereitet: Pfennigabsätze, plissiertes Kleid, eine lockere Schleife um den Hals. Ihre eigenen Sachen, von dem Geld gekauft, das sie in Neapel verdient. In Liubaldis Zimmer macht Rafele das finstere Gesicht des schwachen Mannes, und Vincenzina spielt die Seele, die Reue vortäuscht.

»Rafè, bist du böse auf mich? Die haben mich weinen sehen, und ich musste alles erzählen. Was haben sie dir getan?«

»Nichts, sie haben mir nichts getan. Wir haben geredet.«

»Und was habt ihr geredet?«

»Dass die Hochzeit beschlossen werden muss.«

Das Zimmer kippt um. Der titanfarbene kleine Bacchus scheint aus eigener Kraft zu leuchten, alles andere ist Dunkelheit. Die Miss setzt sich auf den Bettrand und beginnt sich auszuziehen. Rafele sieht sie weiß und unversehrt aus dem Kleid herauskommen. Er entdeckt eine Reihe kleiner, spitzer Wirbel, hat aber Angst, die Hand auszustrecken. Er spricht.

»Meine Mutter will dich kennenlernen.«

»Sie will mich kennenlernen?«

»Morgen, Vincenzì, sie erwartet dich morgen bei uns zu Haus.«

Wider Erwarten schweigt die Miss, dann erhebt sie sich mit einem Ruck und geht das Foto aus ihrer Tasche holen.

»Das hab ich für dich machen lassen, tu's in deine Brieftasche, dann bin ich immer bei dir.«

Vincenzina hat das Foto aufs Kissen gelegt. Rafele dreht sich auf eine Seite, um es anzuschauen.

»Nee, Rafè, jetzt nicht ... Ich schäm mich.«

Sie will nicht, dass Rafele das Foto in ihrer Gegenwart anschaut. Sie hat Angst, dass das kleine Porträt sie verrät und zwei sich überschneidende Gefühle offenbart: das, was sie beim Fotografieren empfunden hat, und ihre Hoffnung jetzt, die von Angst und Scham entstellt wird. Sie fürchtet sich auch vor dem Weg, den Rafele zurücklegen muss, um das Porträt mit der wirklichen Erscheinung zu versöhnen. Als sie vor dem Cousin Alfonso und dem Apparat stand, der sie musterte, hat sie sich bemüht, wie eine Gestalt auf einem Gemälde auszusehen. Sie hätte Rafele gerne ein Foto ohne die Leiden und Verwirrungen der Seele geschenkt. Eine Vincenzina, von der man aus der Ferne träumen kann, wie vom Mond. Wenn Rafele sie aber nun hässlich fand? Wenn ihm dieses schiefe, dumme Lächeln zwischen den Zweigen nicht gefiel?

»Du schaust es dir an, wenn ich gehe.«

»Na gut. Aber jetzt komm her ...«

Wohin sollte sie gehen? Hin zu diesem ungeduldigen Mann, der die Arme ausstreckte, um sie an seine Brust zu ziehen, oder in Richtung ihres eigenen Geistes, der schon in die Laken gewickelt war?

Vincenzina traf keine Wahl. Während sie unter Rafeles Körper lag und er sie mit ausgedehnten Seufzern nahm, behielt sie beide Möglichkeiten im Herzen und rieb sie aneinander wie zwei Zündhölzer.

Rafele versank in einem Teich. Es geschah, während er sie streichelte. Unter seinen Händen spürte er einen Widerstand. Es hätten Leopoldos Hände sein sollen, zusammen mit allem anderen und der vorhersehbaren Handlung einer schlechten Komödie. Leopoldos Geruch und seine Körperflüssigkeiten vermischt mit denen der Miss. Immer ein anderer, dachte Rafele. Zwischen ihm und dem Leben hatte es immer den Aufruf eines anderen gegeben, dem das Handeln und das Wissen zugewiesen wurden. Leopoldos Gestalt – kräftiger als seine, mit heller Haut und schütteren Haaren – sank zwischen ihn und Vincenzina, verleibte sich Rafele ein und löschte ihn in einer Abfolge verfluchter Vorgänge aus. Rafele im Dunst einer erotischen Phantasie, Leopoldo, der ihm unter die Haut gedrungen war und lustvoll genoss, sich am Ende räkelte, während er selbst zum seelenlosen Menschen wurde oder verschwand. Rafele im Prozess des Verlierens, Leopoldo im Zustand der Gnade. Vincenzina beobachtete beide mit einem asymmetrischen Blick, vielleicht ahnte sie die Störung zwischen zwei Wesen, die sich gegenseitig erstickten. Und wen liebte die Miss?

Ein paar Stunden später blieb er allein im Zimmer zurück. Die Miss war in Stücken weggegangen. Im Badezimmer hatte sie ihren Lippenstift gelassen, am Boden den Unterrock und das Foto unter dem Kissen.

Er betrachtete es lange. Vincenzina war schön. Man hörte ein leises Summen in dem Foto, wie der Gruß eines Menschen, der sich flüsternd verabschiedet. Die Augen, die Haare, die Rundung des Kinns, die schlanke Schneiderpuppenfigur, vom Schnitt der Kleidung modelliert. Der natürliche, elementare Blick eines Tieres, das auf die freundliche Geste wartet. Rafele steckte das Foto in seine Brieftasche, sammelte die vergessenen Sachen ein und legte sie in Liubaldis Schublade. Als er den Schlüssel im Schloss umdrehte, wurde ihm mit Entsetzen die Bedeutung dieses Treffens bewusst. Auf dem Weg durch die Gassen war das Summen des Fotos heimlich und kindlich geworden, wie die kleinen Botschaften, die Kinder sich flüsternd von Ohr zu Ohr weitergeben.

Am Toilettentisch sitzend, zählte Lisa Campanini wieder und wieder zweihunderttausend Lire in Scheinen zu zehn Lire. Ihr schauderte vor dem Geld. Wer weiß, durch wie viele schmutzige, unbekannte Hände es gegangen war! Sie legte die Scheine in eine Blechschachtel, die innen vergoldet war und auf dem Deckel aufgeprägte Blumen trug. Einst hatte sie Bonbons enthalten, ein Geschenk ihrer Schwester Ninuccia.

Niemand war in der Wohnung, außer Moira, vom Dienstmädchen beaufsichtigt. Der Gatte und die Söhne würden vor dem Mittagessen nicht zurückkommen. Nichts fehlte. Die Summe stimmte. Sie schloss die Schachtel, öffnete sie wieder. Obsessive Handlungen. Das Zimmer zitterte. Lisuccias Schwindelgefühle ließen das Mobiliar schwanken. Auch das spärliche Licht irrte in einem Paneel aus Sonnenstrahlen umher, die durch die angelehnten Fensterläden gedrungen waren. Lisuccias gefaltete Hände lagen auf der Schachtel wie ein totes Gewicht. Sie wusste nicht, ob sie betete oder die Schachtel fester verschließen wollte.

Die Schachtel fest an die Brust gepresst, stand sie auf. Ging hin und her, als wiegte sie überreizt ein schreiendes neugeborenes Kind. Doch ihre Umarmung war steif und die Schachtel kalt. Nach wenigen Schritten stellte sie die Schachtel wieder auf den Toilettentisch. Setzte sich und starrte sie an. Rote Blumen, auf schwarzem Grund verblüht. Ich tu es für das Wohl meines Sohnes, flüsterte sie, während zwei im Halbdunkel steckende Augen sie beobachteten.

Moira spielte in der Küche, umgeben vom Dunst gebratener Zwiebeln, die Rachelina in einer schwarz angelaufenen Pfanne wendete. In den erhobenen Händen hielt sie eine lockige Puppe mit schaukelndem Kopf und weichem Bauch, die Sägemehl verlor und sich schon fast aufgelöst hatte. Moira flüsterte ihr einen verzweifelten Befehl zu: »Steh gerade, du sollst gerade stehen!« Dann schlug sie die Puppe. Rachelinas tröstende Worte nützten nichts. »Warte, ich hol gleich Nadel und Faden und näh dir das Loch zu.« Moira wurde zornig und schrie. Sie ging aus der Küche und hüpfte unter den bemalten Decken über die dunkelroten Fliesen durch die Zimmer. Der halb entleerte Puppenkörper auf ihrem Arm und der Saum ihres Kleides hüpften mit ihr durch das Halbdunkel. Sie nahm einen geheimnisvolleren Weg, um zur Mutter zu gelangen, er führte durch das Behandlungszimmer des Vaters, den grünen Salon und den großen Salon. Im Zimmer von Leopoldo und Rafele blieb sie vor einer zweiten Tür stehen, die sich in das Schlafzimmer der Mutter öffnete.

Hier war ihr, als sähe sie eine farblose kleine Gestalt, ein bisschen kleiner als sie, die sich bewegte wie Eiweiß am Grund eines zitternden Tellers. Moira kannte diese Gestalt. Seit die Mutter ihr von der toten Schwester erzählt hatte. In der Waschküche hatte sie sie zum ersten Mal gesehen. Sie war am Grund des Wassers erschienen wie eine verblichene Fotografie.

Sie ähnelte ihr ganz und gar nicht. Das tote Mädchen war blond, Moira hatte einen dichten Schopf roter Locken wie die bourbonische Großmutter. Der lange, steife Hals schien immer über den Rand von irgendetwas gereckt. Der dunkle Fleck des Kleides sah aus wie ein nach außen gewendetes Stück Stoff, alle Nähte liefen an den ausgefransten Rändern der Gestalt hoch und vereinigten sich über den spitzen Schultern zu zwei gekräuselten Reihen. Die weißblauen Augen ließen sich von den Dingen, die sie in der Ferne erblickten, mitreißen, und aus der Nähe schimmerten sie wässrig, bereit, Sprache zu werden. Als besäße sie schon einen Sinn für Dramatik, hatte Moira ihr die eigenen Gedanken und eine Reihe von Geheimnissen anvertraut, bei denen es um die trügerischen Stellen in der Wohnung ging: Unter der Truhe gibt es ein Loch in der Wand, darin lebt eine sprechende Eidechse; unter dem Bett liegt ein Land voller Sand; in Papas Arbeitszimmer gibt es Gifte; in Mamas Schlafzimmer hockt eine Taube, die in die Tapete pickt …

Geheimnisse bildeten für Moira eine Maßeinheit des Geistes. Als Heranwachsende würde sie sie gegen die Verachtung der Welt eintauschen. Die kleine Tote hatte ihre vertraulichen Mitteilungen alle in sich aufgenommen. In dem übernatürlichen Reich, das in der Wohnung stationiert war, war sie ein unfehlbares Gespenst geworden. Moira sprach mit der toten Schwester. Das tote Mädchen verlieh ihr ein kleines, luftiges Bewusstsein und einen besonderen Blick. Filomena wusste, wie sich die dunklen Momente des Familienlebens in theatralische Formen verwandeln ließen, sie führte Moira durch die Zimmer zwischen dem Leben und dem Tod, und brachte sie dazu, Lichtschein im Halbdunkel und Dunkelheit in den Lichtschimmern zu entdecken. Hier zelebrierte Moira seltsame Opfer des Geistes. Mitten auf den Fliesen erschien ein kleiner Pfad aus unvordenklicher Zeit: Staub und Blätter, über die sie rasch, mit sicherem Schritt ging. Das Denken verzichtete auf feststehende Dinge – der Tisch, die Stühle, das Sofa – und verwandelte sich in Phantasie, später in Empörung, als die Erwachsenen nicht verstanden, was sie erzählte. In der umgekehrten Welt gab es Wunder und jemanden, der weinen wollte, weil seine Annäherung an die Erde kein Schicksal mehr haben würde. Das war Filomena. Danach würden die bourbonische Großmutter kommen, der Großvater, der Mathematiker und Gräzist war, und Tante Angelina.

Seit es aufgehört hat zu regnen, fährt der Bus schneller. Wenn sie könnte, würde Vincenzina die Fahrt in die Länge ziehen. Doch nein, sie kommt in weniger als einer halben Stunde in Neapel an, und als sie aussteigt, sind alle Straßen voller Pfützen. Der Palazzo, wo Rafele wohnt, kommt ihr entgegen wie eine Rüstung. Als sie sich auf der marmornen Treppe wiederfindet, ist ihr, als hätte eine andere Welt sie verschluckt. Die Spitzbögen mit opakem Glas, die Türen aus massivem Holz. In Gedanken fügt sie die Totenstille im Treppenhaus mit einer Erinnerung zusammen.

Einmal hat sie Rafeles Mutter aus der Ferne gesehen. Es war am Patronatsfest von San Gennaro, die Menschenmenge war furchterregend und wurde von Minute zu Minute größer, während sie aus den Decumani und aus Forcella strömte. Mitten in der wogenden Menge hatte Rafele zu ihr gesagt: »Häng dich an mich«, aus Angst, sie zu verlieren. Die Luft roch nach gebrannten Mandeln. Vincenzina wandte den Blick von den Buden mit Torrone, Kreiseln, Wetterhähnen und Fähnchen, weil Rafele plötzlich gerufen hatte: »Sieh mal! Sieh!« und mit dem Finger auf den breiten Balkon seines Hauses zeigte.

»Das da ist meine Mutter, eines Tages werde ich sie dir vorstellen.«

Die Signora hatte ihren Auftritt. Kerzengerade stand sie an der Brüstung wie eine Königin, den Kopf über die Menge unter ihr geneigt. Mit den weit ausholenden Bewegungen eines Sämanns warf sie Münzen auf die Straße. Die Gassenjungen stürzten sich darauf, um sie vor den Bettlern einzusammeln. An dieses Almosen denkt Vincenzina, als sie die Treppe hinaufsteigt.

Erster Stock, Beletage. Das Messingschild mit der Aufschrift *Dottor Ennio Maiorana, medico chirurgo*. Sie zieht an dem Draht, der das Glöckchen in der Wohnung läutet, und wartet. Sie wartet endlos lang, niemand macht auf. Dann spürt sie ihn. Einen Wind, der hinter den massiven Türflügeln umherstreicht und sie zurückdrängt. Vincenzina weiß es nicht, aber das ist die Reihe der Hausgeister, die ihr entgegenwehen: das Mädchen Filomena, Großvater Raffaele, Tante Angelina, Großmutter Marilena. Sie nimmt all ihren Mut zusammen und klopft ein zweites, ein drittes Mal. Als sie schlurfende Schritte hört, umklammert sie den Griff ihrer Handtasche und bricht auseinander in den Körper, der fliehen, und den Geist, der bleiben will.

»Rachelì, du wartest, bis es mindestens dreimal geklopft hat, dann gehst du aufmachen. Nur ein paar Worte, wenn du sie reinlässt. Bring sie in den kleinen Salon. Fang nicht an, mit ihr zu schwatzen.«

Das Dienstmädchen setzte sich sehr langsam in Bewegung, um den Befehlen der Signora zu gehorchen und das dritte Klopfen abzuwarten. Dafür musste sie nicht schauspielern, sie war alt, und als sie sich durch die Wohnung bewegte, begleitete sie ein Schwanken, das sich kalt anfühlte. Ihr Gesicht war ergraut, die Beine mit Wollstrümpfen umwickelt, und der ganze Körper in ein Schwarz gekleidet, das die Schatten zu ermuntern schien. Die Schatten des Hauses ließen sie vorbeigehen, denn sie kannten sie gut. Die Anordnung der

Signora gefiel ihr. Jetzt konnte sie ihrer Langsamkeit ein wenig Nachlässigkeit hinzufügen.

An der Tür angekommen, legte sie die Finger um den Knauf der Klinke und zog mit aller Kraft.

»Herein, kommt herein ...«

Dann machte sie zwei kleine Sprünge rückwärts, um sich auf der Schwelle zum kleinen Salon zu postieren. Zuletzt noch einmal drei Sprünge, bei denen ihr schwindlig wurde.

»Setzt Euch bitte.«

Die zwei blickten sich an, und was sie sahen, ließ beide einen Seufzer der Erleichterung tun. Vor der Dienstmagd stand ein schönes stummes Mädchen mit blitzenden Augen. Vor Vincenzina eine runzelige Alte, die beim Lächeln vorstehende Schneidezähne entblößte.

»Nur keine Angst. Ihr seid so schön«, flüsterte die Dienstmagd.

Das Sofa war voller Beulen. Die aus der Halterung gesprungenen Federn drückten gegen den Stoff. Vincenzina wagte nicht, sich zu bewegen, und wartete mit angehaltenem Atem. Die Dienstmagd war wie versteinert vor dem Fenster stehen geblieben, und sie hatte Zeit, sich umzusehen. Alte Möbelstücke, Blumenmalereien auf dem Holz, wurmstichiges Holz, Fliegendreck auf den Spiegeln, ein Wandteppich, Staub. Man sah, dass die Magd nicht mehr gründlich putzen konnte.

»Sie kommt!«, flüsterte Rachelina.

Lisa Campanini trat ein. Sie sagte »Guten Abend« zu Vincenzina, »Du kannst gehen« zum Hausmädchen und setzte sich auf einen Sessel, der wie ein Thron aussah. Zwei himmelblaue Schlitze begannen, Vincenzina zu mustern.

»Möchtet Ihr einen Kaffee?«

»Nein danke.«

Hinter der Signora hing ein staubiger Gobelin, eine Szene mit Kriegern, Lanzen und Pferden.

»Ihr trinkt keinen Kaffee?«

»Manchmal.«

Im Hals spürte meine Mutter die Atemnot der Angstmomente und unter ihrem Fleisch eine bohrende Sprungfeder. Auf dem Gobelin hinter der Signora tobte unterdessen die Schlacht: weit geöffnete Kiefer und wehende Mähnen, überall Verwüstung, aufgeschlitzte Rippen, Staub auf dem gesamten Gewebe. Während das Bild über die Ränder des Wandteppichs hinauswuchs, litt sie am demütigenden Gefühl, nicht zu wissen, was sie sagen sollte.

Lisa Campanini erhob sich mit einem Ruck und ging die Schachtel holen, die auf der Anrichte stand. Sie hielt sie Vincenzina unter die Nase und öffnete sie. Die Schachtel roch noch nach Bonbons.

»Nehmt das und betrachtet Euch als entschädigt.«

Statt Bonbons war da Geld. Meine Mutter schwieg lange, ihre Kehle fühlte sich an wie von einer der Lanzen des Gobelins durchbohrt. Erst als ihr das hypnotische Flüstern der Toten in den Ohren klang, stieß sie die Worte aus, die ihr eingegeben wurden.

»Mich kauft Ihr nicht, für wen haltet Ihr mich?«

Sie stürzte aus dem Zimmer, doch an der Wohnungstür angekommen, schaffte sie es nicht, den Griff zu ziehen.

»Wartet ... die ist kaputt, da klemmt was«, sagte Rachelina.

Als Vincenzina den ersten Treppenabsatz hinuntergerannt

war, beugte die Dienstmagd sich über die Brüstung und rief mit gespielter Stimmlosigkeit, damit die Padrona sie nicht hörte: »Lauft nicht so schnell, Ihr könnt fallen!« Meine Mutter aber machte den Engelsflug bis zur Eingangstür, und keine Macht der Welt hätte ihr die Flügel dieses Dramas abschneiden können.

Vor dem Haus empfingen sie die Wirklichkeit und ein böser Traum. Pferde und Krieger vermengt mit einer schwarzen Reihe Priester, die die Treppe zum Dom hinaufstiegen. Der Schirokko drückte sie ins Mittelschiff wie ein unruhiges Glockengeläut.

Wie hatten die Signora und die Toten sie behandelt? Wie eine Hure. Wieder wirbelte Staub auf, eine Wolke ohne Lichtblitze. Sie kam vom Bürgersteig gegenüber. Und in der Wolke stand Rafele. Das war der Anblick, den das wutentbrannte Herz auf sie abfeuerte.

Rafele ging zu ihr und gab sofort den galanten Liebhaber.

»Vincenzì, was ist los? Beruhige dich. Komm, wir gehen in die Bar. Möchtest du Kuchen oder eine kleine Pizza?«

Meine Mutter spuckte vor Rafeles Füßen aus, sie ahmte nach, was die Brüder taten, bevor sie mit Stöcken aufeinander einschlugen. Mit aller Kraft, die sie im Körper hatte, rannte sie zur Piazza Nicola Amore. Unter einer der riesigen Statuen der Quattro Palazzi konnte Rafele ihren Arm packen. Meine Mutter wollte immer noch vor ihm fliehen und strich an den gewaltigen Mauern entlang.

»Bleib stehen, bleib doch stehen! Die Leute schauen schon«, sagte mein Vater.

Meine Mutter fing an zu erzählen. Sie weinte zweifach: Das eine war ein Weinen aus vollem Halse, das andere ein unbewusstes. Angesichts dieser Tränen spielte mein Vater eine Seele, die nicht falsch zu sein schien.

»Ich heirate dich, Vincenzì. Ich heirate dich! Sogar in der Kirche!«

Er umfasste ihren Ellbogen und schlug die Straße zum Hafen ein, wie bei ihrer ersten Begegnung.

Es war eine gespenstische Straße. Nach den großen Palazzi aus dem 19. Jahrhundert mit ihren roten Fassaden und grauen Rhomben kamen die Mauern der Häuser, die unter den Bomben eingestürzt waren. Die Eisenträger und schiefen Fenster blickten wie weit vornübergebeugte Gerippe auf die Gleise der stillgelegten Straßenbahn. Mein Vater hielt meine Mutter an der Hand. Er wollte die Miss von bösen Gedanken abbringen, darum ging er mit ihr in Richtung Meer. So wie Vogelschwärme, wenn sie sekundenschnell in einer Parabel und einer Luftspiegelung den Richtungswechsel entscheiden. Die beiden gingen quer durch eine eingefallene ärmliche Behausung. Ein alter Mann, der auf einem Tuffsteinblock zu Gericht saß, blickte aufs Meer. Vincenzina steckte noch immer im Massaker, und Rafele nahm sie in den Arm, um sie zu beruhigen. Die beiden Körper lehnten in einer Ecke zwischen bröckelnden Mauern, und inmitten der Trümmer der Nachkriegszeit erschienen sie wie Gespenster.

»He, in dem Dreckloch wollt ihr euch lieben? Geht ans Meer!«

Der Alte drängte sie, Harmonie und einen Platz voller Licht zu suchen. Sie überquerten die Gleise und kamen zur Mole. Wieder die Flanken der Schiffe und ihre großen Schatten auf dem Wasser. Ohne dass Vincenzina es merkte, legte Rafele eine getreue Strafe in diesen Gang, der von ihrer Hand bis zu einem abstrakten Punkt führte, wo das Leben und der Tod verliefen. Denn das ist es, was bei der Heilung und beim Spaziergang zweier Liebender geschieht.

»Rafè ...«

Mein Vater wollte sie stumm und entschädigt. Also drückte er sie an sich und küsste sie vor dem Meer.

Nachdem Lisa Campanini allein im kleinen Salon zurückgeblieben war, setzte sie sich auf das Sofa voller Beulen, in beiden Händen die Bonbonschachtel mit dem Geld. Sie dachte daran, dass ein Kuchen im Ofen war und dass die Wäsche abgehängt und zusammengefaltet werden musste. In einem betrübten Geist jagen sich Bilder in wirrer Folge, und so erinnerte sie sich plötzlich an den Tag, an dem sie das väterliche Haus verlassen hatte, um nach Neapel umzuziehen. Zusammen mit Ennio Maiorana, der am Morgen desselben Tages, dem 13. Oktober 1909, ihr Ehemann geworden war, hatte sie die Kutsche bestiegen. Zur Feier des Abschieds ein kleines Konzert hinter der Kutsche und Wolkenbänke, die sich bis nach Vietri hinzogen, einer Etappe ihrer Hochzeitsreise. Als sie dort ankamen, begann Ennio, ihr die elf Zimmer der Wohnung in der Via Duomo zu beschreiben. Vielleicht ahnte er, dass sie beim Gedanken an ihre Eltern und das Haus, das sie verließ, schon Heimweh bekommen hatte. Eine lange Reise und eine Fahrt der Auslöschung. Nach und nach waren das väterliche Haus und das Städtchen verschwunden wie eine zerbröselte Zeichnung.

In Vietri kaufte Ennio eine Vase mit dem Bild einer Hirtenszene in der Mitte. Eine blühende junge Bäuerin, auf einem Stein sitzend, und ein Mann, der auf einem Esel vorüberritt. Lisa war besessen von der Sorge, die Vase könnte auf der Reise zerbrechen. Aber sie kam heil im Haus an, zusammen mit den feinen Trümmerstücken der Landschaft, die sie aus ihrer Heimat mitgenommen hatte. Nie würde sie Ennio gestehen, dass ihr fast sofort alles gefehlt hatte, und dass sie in diese Ehe gegangen war wie in eine Art Exil. In Neapel, im Sturm des Krieges und mit der Sorge um die Kinder, die sie beschützen musste, war ihr Gewissen zu einer Verschwörung geworden. Ein Kampf der Gefühle gegen die Vernunft. Von der neuen wirtschaftlichen Lage ganz zu schweigen. Die Einkünfte eines Arztes waren respektabel, aber gerade ausreichend, um die Kosten zu decken, und die fehlenden Lire hatten sich in Krallen verwandelt.

»Signò, hab das Abendessen auf den Tisch gestellt, es ist acht, ich müsste jetzt gehen ...«

Sie achtete nicht auf Rachelina. Betrachtete die Vase aus Vietri auf der Anrichte. Die Dienstmagd begriff, dass sie keine Antwort zu erwarten hatte, drehte sich um und ging zur Tür.

An dem Morgen, als er nach Cassano fahren musste, um die notarielle Urkunde für den Verkauf des väterlichen Hauses zu unterzeichnen, erhielt Ennio Maiorana durch Rachelina ein Billett von Rafele, der nicht mehr nach Hause zurückgekehrt war und ein möbliertes Zimmer mit Bad und kleiner Küche in der Via Tribunali gemietet hatte. Im Billett meines zukünftigen Vaters hieß es, Vincenzina Umbriello sei schwanger, sie erwarte ein Kind von ihm.

Der Dottore machte die Rechnung der Verluste auf: Rafele, das Gehöft, die Weinberge und jetzt auch das alte Haus der Familie. Er dachte an die Besitztümer, die sie während des Krieges veräußert hatten, als das Geld von Lisuccias Mitgift aufgebraucht war. Gebäude und Grundbesitz, per Prokura verkauft, ohne die Möglichkeit, sich an Ort und Stelle zu begeben, um den Zustand zu überprüfen und den tatsächlichen Verkaufswert zu schätzen. Jede einzelne Entscheidung war in Übereinkunft mit Lisuccia getroffen worden, durch Briefe und Karten, die er ihr aus dem Feldlazarett geschickt hatte. Fast dreihundert Stück vergilbtes Papier. Lisuccia bewahrte sie in ihrem Sekretär in einer Zinnschachtel auf. Seit langem schon konnte er sich nicht mehr so an seine Frau wenden wie damals. Es schien, als wäre eine räumliche Entfernung vonnöten, damit die Worte zwischen ihnen wieder durchscheinend wurden: *Meine liebste Luisa, gestern habe ich deinen letzten Brief erhalten. Ich hoffe, meine Küsse kommen recht bald bei dir, Fabriziuccio und den Kleinen an ... Ich bin bei guter Gesundheit. Mein Leben verläuft weiterhin traurig, weil ich von allem und allen getrennt bin, und es will mir nicht gelingen, die bösen Gedanken zu verscheuchen. Auch die Arbeit ist nicht leicht; doch allein darunter würde man gewiss nicht leiden! ... Sei, was mich betrifft, ganz unbesorgt. Auch wenn ich körperlich weit weg bin, bin ich dir im Geist und in der Seele doch immer nahe. So soll es immer bleiben ...*

Dreihundert Feldpostkarten mit dem Wappen der Savoyer in der Mitte, korallenrot wie die Briefmarke zu zehn Centesimi, angefüllt mit einer Schrift voller Wellen, als hätte sie ein Fluss geschrieben. Konnte dieser Fluss wiederkehren? Durch die veränderte Welt, die vergiftete Familie, den doppelten Boden der Existenzen, konnte er da wiederkehren?

Der Judasbaum, der Granatapfelbaum, die Mimose, der Kirschlorbeer, die Weide, die Eiche, die Pinie, die Steineiche ... Er spähte in einer Art wachsamer Trägheit aus dem Zugfenster. Schon als kleiner Junge hatte Ennio Maiorana die Namen der Bäume gelernt, wenn er mit seinem Vater durch die Wälder und übers Land ging. Jetzt fielen sie ihm wieder ein, als setzten sie Interpunktionen im Wirrwarr seiner Gedanken. In Wirklichkeit hatte es auf dem ersten Abschnitt der Fahrt keinen dieser Bäume gegeben, stattdessen flogen Pappelreihen und Bauernhäuser vorbei, die Mauern von Begonien und Geißblatt überwuchert. Erst nach dem Bahnhof Metaponto sollte er die Bäume rings um Felsen, Türme, Erdwälle und unwirkliche Burgen aufragen sehen. Die Erinnerungsbäume würden ihm in einer paradoxen Zeitumkehrung erscheinen, den Augen eines Ennio Mariorana, der seinen Geburtsort im Alter von fünfzehn Jahren verlassen und dabei unglücklich gewesen war.

Die gleichen Lichtgarben und die Armut entlegener Ortschaften wie der seinen, Cassano allo Ionio, alle eingesponnen in die Flimmerwirkung der Hitze. Zwanghaft musste der Blick Sträßchen, weißen Kalkverputz, Mühlen, Bögen und auf der Hausschwelle sitzende Alte klassifizieren. Ennio kehrte zu sich selbst zurück wie zu einem ewigen Gefängnis und zu einer Straße des Traums. Er konnte nicht mehr weglaufen, weder aus der Vergangenheit noch aus der Gegenwart.

Die Zugfahrt verschaffte ihm eine Sehnsucht in zwei Richtungen, eine führte zu Lisuccia, die andere zu einer Verbindung mit der Landschaft. Er dachte an den Sohn, der sein Zuhause verlassen hatte, an seine Frau im Stolz, ohne Tränen, aber voller Verzweiflung.

Der Zug hielt in jedem Städtchen an. Manche Bahnhöfe schienen verändert: ergraute Bänke und Wartesäle mit großen Fenstern in vagen Umrissen, als hätte man vergessen, sie einzurahmen. Menschenleere Bahnsteige, in Sibari waren drei oder vier Männer eingestiegen. Die Bahnhöfe zitterten in der Sonne, und wenn der Zug weiterfuhr, ging ein kräftiger Antrieb von ihnen aus, wie ein Schubs, bei dem der Reisende sich in Gedanken seinem Ziel schon näher fühlen konnte.

Als Doktor Maiorana in Cassano aus dem Zug stieg, richtete seine Aufmerksamkeit sich auf eine weißgekleidete Frau, die mit ihm ausgestiegen war. Ihr Gesicht hatte er nicht gesehen. Sie ging eilig, ohne Gepäck. Nachdem sie den Bahnhof verlassen hatte, bog sie in den Vico dei Ramai ein, dieselbe Straße, durch die er gehen musste, um zur Pension Miramare zu gelangen, wo er ein Zimmer gebucht hatte. Er musste hinter ihr hergehen. Sie war ihm ein paar Meter voraus. Die Schritte der beiden in der Stille des Vico. Die der Frau mit einem hartnäckigen Ticken, seine fast unhörbar. Der vom engen Mieder deutlich gezeichnete Rücken und der bis zu den Knöcheln fallende Rock introjizierten eine andere Gestalt. Lisuccia. Mit einer leicht veränderten Physiognomie, ein wenig kleiner und schmächtiger, ein weißes, kummervolles Kleid. Sie konnte es sein, wenn sie ihn auf der Reise begleitet hätte. Der Impuls, die Unbekannte einzuholen und ihr mit einer Hand über den Rücken zu streichen, wurde unbezwinglich. Es war der Wunsch, eine Lisa zu berühren, die auf dem Bahnsteig und im Vico dei Ramai erschienen war wie ein Gespenst, das man verfolgen musste.

Die Frau trat durch ein Tor, an dem er mit der Maske des unbeteiligten Passanten vorüberging.

Er nahm diese Gestalt mit bis zur Brüstung am Ende der Straße. Dort zündet er sich eine Zigarre an und sah aufs Meer hinaus. Wenn er diese Frau berührt hätte, hätte sie sich unter seinen Fingern aufgelöst. Hätte sie sich aber umgedreht, hätte er ihr zugeflüstert: »Lisù, wir müssen stehen bleiben und nachdenken, wir müssen wieder zueinander finden.« Er bekam Lust, seine Frau vor sich zu haben, auf der Leinwand der Landschaft abgestellt, und sie von Kopf bis Fuß neu zu formen. Eine Intrige, dachte er. Der Zug, die Bäume und die Unbekannte hatten ihn in eine Falle gelockt. »Lisuccia, wir müssen miteinander reden, wie wir es früher getan haben, ohne uns etwas zu verheimlichen«, flüsterte er weiter wie in einer Spiegelung und einer komplizierten Spirale. Als er in das Zimmer der Pension kam, warf er sich aufs Bett, ohne sich auszuziehen, und dachte, dass das ganze Leben eine Bedrohung war, die man überwachen musste.

Am nächsten Tag unterschrieb er den Verkaufsvertrag. Ihm blieben noch einige Stunden, bis er wieder den Zug nehmen musste. Er hätte sie nutzen können, um Elvirella zu begrüßen, eine Cousine seines Vaters, die als junge Frau Hebamme gewesen war. Doch in dem Moment hatte er keine Lust dazu.

Der Schatten seines Vaters erschien an seiner Seite und begleitete ihn bis in den Wald. Nach einer halben Stunde Weg hatte er sie erreicht. Die Erinnerungsbäume, die wer weiß wie hoch gewachsen waren. Auf der Hälfte des Pfads blieb er vor dem Eingang einer Grotte stehen. Als Kind hatte er sie »mein Hohlraum« genannt, als taufte er ein psychisches Phänomen. Große, schattenspendende Blätter am Eingang und dazwischen fleischige Blumen mit grünen, haarigen Stempeln. Jetzt waren sie verschwunden. Der von jeder Vegetation befreite Eingangsbogen war mit drei sich kreuzenden Holzpfeilern verstärkt worden.

Einmal war er hineingegangen. Die Höhle endete nach wenigen Metern am Hindernis einer steil abfallenden Schutthalde. Er war mit dem Gefühl hinausgegangen, dass die Dunkelheit dort drinnen untrennbar mit der Armut der Welt draußen verbunden war. Jener Armut, der er sich nicht nähern konnte, Vater und Mutter hatten ihm verboten, Umgang mit Kindern aus niedrigeren sozialen Schichten zu haben. Damals hatte er die armen Kinder beneidet, die keine Eltern hatten wie er, Grundbesitzer aus einem alten Freiherrengeschlecht, noch immer im Stolz aufs Blut gefangen. Die armen Kinder streunten frei herum und konnten sich Abenteuern hingeben.

Er lief fort. Seine Arzttasche schlingerte mit ihm.

Komm bald zurück, hatte Lisa gemurmelt. Und er kehrte zurück. Auf eine düstere und gerührte Weise, ohne eine Veränderung in seiner Seele. Im Zug dachte er, während Felsen und Burgen hinter ihm verschwanden, an einen Zusammenhang zwischen der Armut von Vincenzina Umbriello und Lisuccias Angst. Sie waren Teil derselben Zerbrechlichkeit, die die Welt beherrschte, und seine Frau musste das wahrhaben.

Er war nicht hingegangen, um es sich anzusehen, das rote Haus mit dem arabischen Zinnenkranz. Sein Elternhaus, von der Kindheit bis zur Jugend. Er hatte es vorgezogen, andere Schatten zu streifen. Nach den Bäumen und der Höhle die der Kinder, die auf den Mäuerchen der Gassen hockten. Sie hatten die Grimassen alter Menschen und winzige Schädel unter der Haut. Eine Schamanenfrau hatte mit Handbewegungen ein Grüppchen von ihnen im Vico dei Ramai versammelt, sie standen um ein mit Kreide auf den Boden gemaltes Quadrat. War das jene Elvirella, die ihnen geholfen hatte, schon alt geboren zu werden? Und wie würde das Kind von Rafele werden? So wie diese?

Ohne Liebe zum gerade zurückgekehrten Frühling zertreten Vincenzinas Brüder die Mohnblumen am Rand des Vico Sant'Antonio, einem alten, nach dem Kriegsende gepflasterten Pfad, der direkt zur Kirche führt. Ein schüchterner Geleitzug, denn die Brüder sind zwar frisch gewaschen und festlich gekleidet, aber sie schämen sich. Sie konnten Rafele ins Netz locken, aber der Unterschied zwischen ihnen und dem Buchhalter Maiorana springt ins Auge. Der Mann im schlichten grauen Anzug ist ein echter Herr. Er hat sein Versprechen gehalten, ist mit Blumen, Eheringen und gerührter Miene bei der Familie vorstellig geworden. Er hat sogar einen Handkuss auf Adelìs Walnusshaut versucht, ein Lippenstreifen, dem die Frau sich entzogen hat. Sie hat sich gewehrt: »*Che facite?* Was tut Ihr? Ich bin alt ... Nehmt Platz, nehmt Platz!« Aber Rafele wollte sich nicht setzen, das hat Vincenzina sofort verstanden. Der Bräutigam fühlt sich unwohl. Er kann nicht verhehlen, welchen Eindruck der gedeckte Tisch auf ihn macht, die schiefen Stühle, die rußgeschwärzten Wände, der Zement unter den Füßen und der Abdruck einer verschlissenen Welt, der aus den Händen von Vincenzinas Mutter kommt.

»Geh schon zur Kirche, der Bräutigam darf mich nicht fertig angezogen sehen, das bringt Unglück.«

Rafele geht hinaus, begleitet von einem Onkel der Umbriello aus Neapel, dem einzigen Menschen, der mit dem feinen Herrn aus der Via Duomo Konversation machen kann.

Unterstützt von den Schwestern und zwei herausgeputzten Muhmen, bereitet Vincenzina sich vor. Das Kleid wandert vom Bett auf einen Bügel, der an der Wand hängt, während sie sich den Hals und die Handgelenke parfümiert. Die Frauen wiegen es mit den Händen ab, eine sagt, es sei leicht, die andere findet es schwer, als ließen sie die archaische Szene der Hochzeit von Rachel mit Jakob wiederaufleben. Sie möchten den Moment hinauszögern, wenn Vincenzina das Kleid anzieht, um seinen Stoff zu untersuchen, halb engelhaft, halb irdisch, ihn mit bewunderndem Geflüster kommentieren und so lange wie möglich in der Luft schweben lassen. Ohne Körper enthält das Kleid für jede von ihnen die Erinnerung an eine verlorene Schönheit.

Vincenzina nimmt es anders wahr. Ihr erscheint das auf dem Bett ausgebreitete Kleid wie ein Nebel mit menschlichen Umrissen. Hängend wie eine schlaffe, weinerliche Gestalt, die sich abmüht, zu Strahlen und Stickerei zu werden.

»Basta! Nicht mehr anfassen, das ist ein feiner Stoff, der wird dreckig!«

Adelì unterbricht die Hast der tastenden Finger. Sie sitzt mitten im Raum und kontrolliert, wie das Kleid von einer Hand in die andere geht, keine Geste der Töchter und Muhmen entgeht ihr. Sie macht Augen, die aus dem dunklen Grund einer Höhle funkeln, und beobachtet Vincenzinas Einkleidung mit demselben scheelen, lüsternen Blick, den sie hatte, wenn das Schwein auf der Tenne geschlachtet wurde.

Sie rechnet damit, dass all dieses Weiß bluten kann.

Der Teufel des Hauses umkreist das Kleid in Gestalt eines dicken schwarzen Brummers mit einem grünen Schimmer. Adelì verfolgt ihn, mit einem Lappen wedelnd, und zwingt ihn, aus dem Fensterchen der Kochnische hinauszufliegen. Sie setzt sich wieder, um sich aufs Überwachen zu konzentrieren. Vincenzina hat sich schon angezogen, und es sieht aus, als habe sie auf einer Seite den Mond und auf der anderen die Sonne.

Ich sehe dich, Ma.

Du betrachtest den Saum, der dunkel geworden ist, so oft hast du dein Brautkleid vor dem Spiegel anprobiert und es über den Boden schleifen lassen. In den Falten gibt es fast graue Vertiefungen in Form langer Schwanzfedern. Die Parascandolo bemerkt es entsetzt. Nichts Goldenes, Silbernes, Purpurnes, Hellblaues.

Deine Schwester Italia setzt dir den Schleier auf den Kopf. Sie wetteifert mit Maria, wer ihn mit zwei Haarnadeln feststecken darf. Du sagst: »Stecht mich nicht.« Die Nadelköpfe aus Perlmutt bilden zwei kleine Beulen unter dem Saum des Schleiers. Eine Braut mit Ziegenhörnern ...

Du hast Angst, dass die Haarnadeln sich in deinen Schädel bohren, aber du ziehst sie der Sorge vor, dass der Schleier runterfallen könnte. Zwei Bänder mit durchbrochener Spitze fallen schlaff und glanzlos zu beiden Seiten des Gesichts herab. Als du durch den Vico gehst, hebt der Wind sie an, als trennte er zwei diffuse Nebelbänke.

Adelì ist zu Hause geblieben, hat sich entschuldigt, die Schmerzen in den Knochen seien plötzlich stärker geworden, und spricht jetzt mit dem Brummer, der durch die Tür wieder hereingeflogen ist: »Ksch, Ksch, ich schlag dich tot!«

Von den Maiorana ist keiner da. Lisa Campanini hat ihrem Mann und ihren Kindern verboten, zu der unerwünschten Hochzeit zu gehen. Darum fehlen Gestalten auf der Bühne, und hinter dir und Rafele verteilen die wenigen Anwesenden sich auf den Bänken, um die Kirche voller erscheinen zu lassen. Sie sind verstreut, im Raum versprengt wie Komparsen, die die Leere abstützen sollen.

Dann die Weihrauchspiralen, das Ave Maria von Schubert, gesungen vom Femminiello-Magier des Städtchens ... Doch nichts ist so quälend für dich wie der Moment der Unterschrift. Das enorme, weit geöffnete Kirchenbuch, die große Seite, die schwarze Linie. Rafele schafft es sofort, mit einem eleganten Schnörkel am Ende des Nachnamens. Er reicht dir den Füllfederhalter. Du bist dran. Als Adelì dich mit sieben Jahren aus der Schule nahm, hast du zum letzten Mal ein Wort geschrieben. Das Üben mit Italia vor der Hochzeit hat nichts genützt.

»Vincenzì, du darfst nicht zittern, die Feder läuft wie von selbst, wenn du ruhig bleibst ...«

Sie läuft nicht wie von selbst. Sie steckt bei jeder Kurve der Buchstaben fest. Speichelt eine schüttelfrostige Schrift auf das große Blatt. Es sind zerquetschte Würmer, Ma, etwas Dickflüssiges, das auf der Seite verteilt werden muss. So empfindest du die Schriftzeichen der Unterschrift *Vincenzina Umbriello*, sie sind gepeinigt von Neid und Zittern. Plötzlich ragen die Haarnadelköpfe unter dem Saum des Schleiers hervor, und die gehörnte Stirn beginnt zu schwitzen.

Rafele lässt dich nicht allein in diesem Leid. Er drückt deinen Ellbogen und murmelt: »Keine Angst, es wird gut.«

Als du dich umdrehst, um ihn zu fragen: »Aber kann man das lesen? Versteht man das?«, hast du deinen gekräuselten Namen auf dem Blatt zurückgelassen und weinst.

Meine Mutter war schwanger mit Lisa, die bald zur Welt kommen sollte. Dann würde ich folgen und zuletzt Nando und Giulietta.

Mein Vater war Sozialist geworden, und meine Mutter ging so wählen, wie er es sagte. Auf dem Nachttisch neben dem Bett thronte ein Radio, gebraucht gekauft. Mein Vater schaltete es frühmorgens an und hörte die Nachrichten.

»Vincenzì, hast du gehört, was De Gasperi macht?«

»Was macht er?«

»Er muss sich von den Sozialisten und Kommunisten trennen, sonst geben die Amerikaner uns keinen Kredit. Den Sozialismus gibt es nicht mehr, und Saragats Position hat sich durch die Democrazia Cristiana verwässert ...«

Meine Mutter verstand nichts von Politik, sie sah Rafele an und machte das Gesicht, das er haben wollte, entsetzt und ein bisschen abweisend. Sie teilte Rafeles Lohn in hundert Teile auf und ging jeden Tag hinunter zum Markt der Vergini, um beim Einkauf zu sparen. Sie begriff nur, dass Italien und der verwässerte Sozialismus für Rafele zum Gewissensbrand geworden waren, und dass sie seinem Urteil blind vertrauen musste.

»Vincenzì, in Prag hat es einen kommunistischen Staatsstreich gegeben. Die haben Angst, dass der Kommunismus auch zu uns kommt. Hast du verstanden, wie du am 18. April wählen musst?«

»Ja, Rafè, hast du mir schon so oft erklärt.«

»Was musst du also tun?«

»Ich muss ein schiefes Kreuz auf das Gesicht von Garibaldi machen!«

Rafele wollte das Neue Italien, den Fortschritt, die Moderne Welt. Aber die Wirklichkeit sah anders aus: Sie mussten es schaffen, mit wenig Geld die Miete, die Rechnungen und das Essen zu bezahlen. Sie mussten jede Lira zerteilen, und dafür würden sie überleben. Auch die Gefühle und Instinkte wurden aufgespalten und die gesparte Energie als Köder für bessere Tage ausgelegt. Die Wohnung wusste das. Das wussten die bescheidenen Zimmer, die auf Raten gekauften Möbel, die verrußte kleine Küche, die wenigen Stühle in den Ecken, verdreht, wie die auf manchen impressionistischen Gemälden, die Fliesen in der Farbe von Erdklumpen und das Licht aus Geflecht, das in alle vier Zimmer fiel.

Sie waren in den Vico Unghiato gezogen. Verheiratet ohne den Segen von Lisa Campanini. In den letzten Stock des Mietshauses Nummer 53, einem Palazzo mit unverputzten Mauern, doch die Wohnungen hatten viel Licht und blickten auf die Landschaft des hügeligen Moiariello, auf einen Turm aus dem 19. Jahrhundert und aufs Meer.

Eines Sommermorgens wurde ein Karren den Vico hinaufgezogen. Er trug die Möbel eines Eheschlafzimmers. Schrank, Bett, Kommode, Sekretär und Nachttischchen. Aus schwarzlackiertem Holz mit Intarsien in Form von Akanthusblättern und in die Rahmen geschnitzten Löwenköpfen. Ein düsteres und verspätetes Geschenk von Lisa Campanini zur verbotenen Hochzeit. Nachdem der Karren von den Trägern entladen worden war, fuhr er leicht und nicht mehr so schief den Vico hinunter. Die Hunde liefen hinter ihm her, und er hüpfte, als wäre er glücklich, sich von einem schweren Gewicht befreit zu haben.

Die Möbel wurden im hintersten Zimmer aufgestellt, ragten hoch und imposant an jeder Wand auf. Vincenzina dachte, dass das Totengräberzeug war, mit vielen Geheimnissen der Maiorana-Sippe, die noch immer verschlossen in den Schubladen lagen. Willkommen waren sie trotzdem, weil Rafele sagte, das sei kostbares Mobiliar, vom Großvater väterlicherseits vererbt.

Jeden Morgen wachte meine Mutter auf, als wüsste sie nicht, wo sie war. Dann sah sie Rafele, die Fenster voller Licht und den Turm, der sich vor dem Himmel abzeichnete. Am frühen Morgen glitzerte der Turm in der Sonne und wechselte während der Tageszeiten seine Farbe. Von allen Balkonen sah man ihn über dem östlichen Abhang von Capodimonte schweben. Ein Wäldchen und drei strahlenförmig angelegte Reihen Orangenbäume vor dem Eingangstor. Vincenzina beobachtete den Turm, auch beim Wäscheaufhängen, und er antwortete ihr mit den Augen seiner zweibogigen Fenster. Er antwortete zu jeder Jahreszeit, mal, indem er Windhauche blies, ein anderes Mal mit den Schwalben, die in den tiefsten Rissen ein und aus flogen. Damals wusste Vincenzina nicht, dass der Turm ein Angelpunkt des Lebens werden würde und der Himmel über dem Zinnenkranz ihr unglückliches Gewissen.

In den ersten Jahren erschien Rafele das Leben als verheirateter Mann wie ein Traum. Jede Nacht konnte er die Hand ausstrecken und seine Begierde stillen, und wenn er wollte, konnte er es auch bei Tagesanbruch tun. Wenn Rafele die Miss anfasste, presste sie die Beine zusammen, und er musste den Kämpfer spielen. Er küsste und biss. Vincenzinas Pupillen verschwanden in einer tiefen Betäubung. Manchmal schlief mein Vater in meiner Mutter ein. Im Morgengrauen schlüpfte Vincenzina langsam aus ihm heraus, um ihn nicht zu wecken. Sie ging in die kleine Küche, Eier für Zabaione schlagen, dann kehrte sie mit der großen Tasse in der Hand auf Zehenspitzen zurück. Sie bückte sich und beobachtete ihn heimlich im Schlaf, wie eine verliebte, eingeschlossene Psyche. Jetzt war das Leben kein Gedanke an Flucht. Es hatte sich in andere Notlagen aufgeteilt. Die kleinen Liebesdienste, die Wäsche und das Berechnen der Ausgaben. Letzteres mit besonderer Konzentration. Denn Vincenzina hatte immer Angst, Fehler zu machen. Beim Schreiben zitterte sie noch immer, und die vier Grundrechenarten waren für sie wie die vier Reiter der Apokalypse. Sie war es, die abends den Schlüssel in der Haustür umdrehen ging. Sie verschloss die Tür, als brächte sie ihre und Rafeles Rippen in Sicherheit, während die alten Mauern von Capodimonte die Dunkelheit betrogen und Mondschimmer aus den Rissen pressten. Rafele packte sie, hielt sie kopfüber und ließ sie fliegen. Angst spürte sie nicht, weil Rafele den gefiederten Körper und die Flügel des irdischen Überschwangs hervorholte, die beiden genügten, um nicht jäh auf die Fliesen zu stürzen.

Jeden Morgen ging sie die hundert Stufen hinunter zum Markt in der Vergini und der Cristallini. Sie brauchte Tomaten, Kartoffeln, Mandarinen, Knoblauch, Zwiebeln ... Auf dem Rückweg hielt sie bei der letzten hohen Treppenstufe an, um Atem zu holen. Sie stand zwischen den beiden Mauern und dem Lot der Windenpflanzen, im Hintergrund ragte die Silhouette des Turms auf. Ihr Atem zielte auf eine höhere Bahn, sie litt fast nicht unter dem Gewicht ihres Körpers. Wenn meine Mutter am oberen Ende der Treppe stehen blieb, um auszuruhen, gingen der schwangerbeschwerte Bauch und der Hügel eine platonische Beziehung miteinander ein. Zu Hause trat sie, wenn sie ihre Besorgungen erledigt hatte, auf den Balkon. Ihre Gedanken bewegten sich mit dem Leben der Gasse, während sie nach der Hure Pamela spähte, dem Geschrei der Cerasuolo lauschte und alle beobachtete, die die kleine Handschuhfabrik betraten und verließen.

Eines Tages, es war mitten im Sommer, kam der Fötus von Lisa heraus wie eine Messerklinge.

Und so kommt es, Ma, dass ich die Stelle betrachte, in die du jedem deiner Kinder das Phantasiegebilde einer armen Welt und die Insistenz der Wirklichkeit eingepflanzt hast.

Ich weiß nicht, ob dies deine wahre Geschichte ist, aber ich lerne gerade, eine zu konstruieren, die dir ähnelt.

Carmen ist bei mir geblieben. Ich höre sie noch immer das Lied von Zaraza summen, als würde sie dich rufen. Ich habe versucht, dir einen Kuss zu geben. Habe mich neben dich gelegt. Habe einen Knopf des Nachthemds ins Knopfloch gedrückt, eine Übergangsgeste auf dem eingefallenen Weiß zwischen den Brüsten wie auf einer Türschwelle. Ich habe die Eiseskälte gespürt. Habe gedacht, dass ich ein zweites Mal aus der Kälte deiner Haut geboren werden könnte. Ich habe die Gestalt eines kleinen Mädchens angelockt und sie sanft bis zum Zimmer geschoben, wo die Zeit sich in die Länge zog, weil wir jetzt zu dritt waren, spielend auf den Fliesen hockten, vor dem Fenster mit dem Bild des Turms. Die Kleider von Lisa und Nando habe ich in kleine Flecken aufgelöst. Ich habe ihre Gesichter gesehen, die Hände und Füße. Wir waren Kinder, die von deiner Wut getroffen wurden. Ich habe dein gelbliches Gebiss weggeworfen. Ich habe die Weihnachtslichter auf den Gesichtern von Lisa und Nando gesehen, und meinen Vater mit dem Speichelfluss des Kranken, den in der Nähe des Balkons festgenagelten Stuhl und die Flecken vom grünlichen Auswurf. Die Wohnung schob sich voran wie ein Uhrzeiger und landete rückwärts im erdfarbenen Klumpen der Fliesen. Es gab die Weihe um den Gaszähler, der in einem

Schränkchen versteckt war, meinem Zufluchtsort. Ich erkannte dich an deinen Schritten, dem Geruch nach Petersilie und nach wolligen Nächten.

Ich habe weiter in der Zeit gegraben. Habe dich am Fenster entdeckt, wo du meine Rückkehr beschützt hast, als wäre ich wirklich eine Tochter mit deinem eigenen Wesen. Du hast mich vom Balkon gerufen, aus den Grabstätten unter der Erde, vom Bürgersteig, von der Tür, vom Bett aus: »Rosaaa! Rosaaa, komm her, hilf mir die Einkäufe tragen!« Du hast mich geschlagen. Deine seltenen Küsse waren schüchtern, von einem ängstlichen Atem zurückgehalten. Du hast mich wieder in deinen Bauch gelenkt. Um ein Haar wäre die Weihe zum Wahnsinn geworden. Ich habe den Kühlschrank geöffnet und vor der kanonischen Zeit das Abendessen gestohlen. Deine Lippen waren nicht menschlich, und dein Körper nicht mütterlich. Schublade für Schublade habe ich deine Clownsunterhosen wiedergefunden, weit und weiß. Darin steckte deine Vagina mit einem Geruch nach Pisse und Talkum. Du hattest eine kleine gekrümmte Nase, dein Gang war lustig und streunend. Du hast Märchentiere erfunden. Du hast geweint wie die Becher unter dem Brunnen. Deine nassen Brüste hast du im Waschbecken abtropfen lassen. Du hast den Winter vor den Fenstern und den Regen von Capodimonte beherrscht. Gefahren hast du erbarmungslos vorausgeahnt. Auf deinem Hals war eine verschwommene Ader hervorgetreten. Manchmal wolltest du lachen, öfter hast du gezittert.

Wenn mein Vater aus dem Büro kam, brachte er Oliven und gebratenes Huhn mit und lächelte, als müsste er für etwas um Verzeihung bitten. Manchmal sprach er vom Krieg, in dem er nicht gekämpft hatte, aber die unterirdischen Schutzräume und den Bombenhagel auf Neapel beschrieb er sehr genau. Er sagte, wir seien in der Zeit des *Booms* geboren. Und jetzt verspottete er die Moderne Welt, die er früher so sehr herbeigesehnt hatte, er spottete über den Wirtschaftsboom, er spottete über Stahl, Methangas und Kohlenwasserstoff. Ein Teil der Welt würde sich bereichern, sagte er, und ein anderer sei beim bloßen Überleben stecken geblieben. Bei Tisch erzählte er Witze über die Carabinieri, über Andreotti und Fanfani. Meine Mutter lachte. Auch wir lachten, ohne zu verstehen, aber wir liebten es, unser Lachen mit dem von Vater und Mutter zu vereinen. So fühlten wir uns verbarrikadiert in der Familie, hinter ihrem warmen Hausrat, der mit uns zusammen lächelte.

Zu Hause war das Menschsein Jahr für Jahr ein Geheimnis. Etwas musste passiert sein, bevor ich geboren wurde, denn auf den Möbeln, der Schürze meiner Mutter und der Jacke meines Vaters gab es ein Gespenst, das den Körpern vorausging, und an schwierigeren Tagen ließ es sie allein, als müsste es auf eine geheime Schiffsreise gehen. Heimlich beobachtete ich meine Mutter, wenn sie schrie oder auf dem Treppenabsatz mit den Krähen des Palazzo redete, wenn sie aus dem Haus ging und hinter der Kurve der Centoscale verschwand. Sie ging an den Karren und Bassi vorbei und hielt die Augen auf den Boden geheftet. Einmal fand sie einen goldenen Ohrring, ein anderes Mal fünfhundert Lire. Meine Mutter verfolgte das Glück nicht wie die Krähen des Palazzo, die sich ihre Träume erzählten und daraus auf die Lottozahlen schlossen. Sie suchte es am Boden, in den Fugen der Pflastersteine, zwischen Korken, bunten Glasscherben und Murmeln.

In der Wohnung war es still, wenn sie sich ans Fenster setzte, um *Bolero* und *Grand Hotel* zu lesen. Sie mochte Romane, die von komplizierten Liebschaften erzählten. Erst machte sie gierige Augen, dann wurde ihr Blick schüchtern und schief.

Im Winter lenkte sie das Atom der Schöpfung. Ihr Gesicht am Fenster erfasste jede Veränderung des Regens und des Donners. Sie murmelte den Kinderreim an die heilige Barbara als Exorzismus, und immer wenn sich ein Blitz im Blitzableiter des Turms entladen hatte, sprang sie auf.

»Geht weg von hier, das ist gefährlich.«

Ich tat, als entfernte ich mich, und blieb hinter dem Schränkchen mit dem Gaszähler stehen. Von hier beobachtete ich sie und die Fenster. Meine Mutter las. Der Wind strich ums Haus, ich versteckte mich in seinem Heulen. Ich hörte, wie die Blätter zu Schritten wurden.

Es ist Palmsonntag. In lichtgebleichten Kleidern, mit Sandalen, Topfhaarschnitt und strahlenden Augen sitzen wir im Schneidersitz auf dem Fußboden in einem Reigen ewiger Spiele. Nando liest aus dem Lexikon der Tiere eine Seite über Vögel vor. Lisa malt einen Garten mit Hecken, wie ihre Großtante Angelina, die Ebene mit Bächen und die Bäume, die mal im Schatten, mal im Licht stehen. Unser Vater ist im Esszimmer. Ein bleiches Suppenhuhn kocht im Topf, und meine Mutter knetet Kuchenteig. Wenn wir den Fernseher einschalten, kommt ein Film in die Wohnung, der jedes Jahr gesendet wird. Die Geschichte des kleinen Jungen, der auf dem Dachboden eines Klosters von Gott verführt wurde.

Der Junge spielt gut, und wir glauben ihm, als wäre alles wahr. Er spricht mit einem wurmstichigen Christus, bringt ihm etwas zu essen und nimmt ihm die Dornenkrone vom Kopf. Als die Gewitternacht kommt, steigt Gott vom Kreuz und nimmt ihn in den Arm. Er fragt den Jungen, ob er Sehnsucht nach seiner Mutter hat, ob er sie wiedersehen will. Das Kind nickt und schläft für immer in den Armen Gottes ein. Eine Totemfigur lässt ihn ohne Todeskampf auf die andere Seite hinübergehen, und die beiden erlöschen wechselseitig im Licht des stärksten Scheinwerfers am Set.

Es war eine passende Geschichte für arme Gassenkinder, Ma. Mit der Szene von der leuchtenden Gestalt, die sich vom Holz abnagelt und dem Kind, das sich von ihr in Besitz nehmen lässt, entwarf sie Seelen für jeden von uns. Doch auch heute noch wünsche ich mir, sie wäre wahr, wie das Röcheln eines Märchens.

Der Herbst 1958 kommt. Die Farben der Landschaft sind kleine Explosionen, und die Wolken machen finstere Gesichter wie ein Volk von Masken. Meine Mutter näht den Saum eines weißen Schulkittels, den sie bei UPIM in der Via Foria gekauft hat. Ich musste ihn anziehen, damit sie für die Länge Maß nehmen konnte. Sie hat gesagt, dass ich zur Schule gehen muss, wie Lisa, die schon seit drei Jahren hingeht. Als der schicksalhafte Tag kommt, bringt sie mich von zu Hause weg.

Sie weckt mich am frühen Morgen. Von den Fenstern kam der Aufruhr der Spatzen, und mit uralten Wolken und wechselnden Luftwirbeln die Farben gewisser Anfänge. Sie zieht mich mit ungewohnter Sorgfalt an und weiß nicht, dass sie die Bahn eines Geheimnisses auf meinem Körper vernäht hat, und dass dieses Geheimnis unsere erste Trennung betrifft. Zuletzt bringt sie die Schürze und die Schleife in Ordnung. Derart hergerichtet, spüre ich, dass ich einen zweiten Körper habe, den niemand kennt, nicht einmal sie.

Auf der Treppe kommen die Hauskrähen heraus, um mich zu beglückwünschen. Es sind fette, dunkle Weiber. Wenn sie schreien, reißen sie die Münder auf, als wollten sie mich verschlingen.

»Herzlichen Glückwunsch, Rosaaa, alles Gute!!! Du bist groß geworden, jetzt wirst du eine gebildete Signorinella ...«

Ich will nicht zur Schule gehen. Auf dem Vico wimmere ich und mache steife Beine.

»Wein nicht, wenn du deine Schleife und den Kragen schmutzig machst, werfen sie dich aus der Schule.«

Die Vorstellung vom Rauswurf lässt mich verstummen.

»Hier, nimm das Taschentuch und verlier es nicht.«

Meine Mutter sagt »Taschentuch«, aber zu Hause nennt sie es »sauberer Lappen«. Wenn jemand es einem anderen anbietet, bedeutet das immer Trost und Schutz. Während ich mir auf der Hälfte der Gasse die Tränen der Trennung abwische, sehe ich gerötete Blätter, einen gescheckten Kater und viele Glassplitter, die in den Furchen der Pflastersteine glitzern. Ich möchte mir die Taschen füllen.

Meine Mutter – mit toupiertem Kopf, wie die Frauen im Fernsehen, schmalem Mund und Eulenaugen – übergibt mich am Eingang des Klassenzimmers den Händen des Lehrers. Allein zurückgelassen, überfällt mich eine ungeheure Schüchternheit.

Ich setze mich in die letzte Reihe, das ist der Trick, mit dem man verschwindet, doch der Lehrer sagt, ich sei kleiner als die anderen, er sieht mich dort hinten nicht, ich soll nach vorn kommen. Ich gehorche, obwohl ich nicht will. Ich gehe durch den Gang zwischen zwei Bankreihen, mein Herz möchte weglaufen und sich auslöschen.

Hinter einem großen schwarzen Pult sitzend, wirkt Umberto Nunziata, seit dreißig Jahren im Lehrdienst an der Vor- und Grundschule des zehnten Bezirks in der Salita Miradois, wie ein weit von der Erde entfernter Mensch, der aus der Höhe ein tiefgründiges Urteil über mich fällen wird.

Er mustert mich, ohne den auf eine leere Bank vor sich

zeigenden Finger zu senken. Offenbar registriert er im Geist die besonderen Kennzeichen: olivbrauner Typus, hohe Stirn, glatte Haare mit Topfschnitt. Ich komme zu der von Nunziata angezeigten Bank. Vor mir sitzen Zwillinge mit roten Haaren und den Gesichtern eines unterdrückten Kicherns. Hinter mir die Schwestern Cerasuolo, Rosaria und Carmelina, wilde Mädchen.

Als ich mich setze, ist mir, als kniete ich vor den kreisenden Planeten und den Himmelskörpern nieder. Dinge, ins Halbdunkel getaucht. Es nimmt die Zaubereien aus den Schatten des Klassenzimmers, um daraus Tafel, Kreide, Rechenbrett und seltsame Karten an den Wänden zu machen. Die Zeichnungen ähneln denen, die ich schon auf dem Globus im Hause Maiorana gesehen habe, doch hier sind sie flach auf Papptafeln gedrückt. Ich halte den Atem an. Nunziata ist aufgestanden und fragt die Kinder nach den Namen der Gegenstände in der Klasse. Die Namen vieler Dinge kenne ich nicht.

Der Lehrer geht durch die Bankreihen, bietet Kekse an. Ich nehme einen mit verschüchterter Hand, als vergeudete ich ein Geschenk, das besser bis in alle Ewigkeit unangetastet bliebe. Die Luft im Klassenzimmer ist trüb. Es ist Oktober, der Monat besteht aus einer Reihe gelöschter Laternen vom Vico bis zum großen Schulgebäude.

Ich sitze mit gebeugtem Kopf im Halbdunkel über dem Weiß eines Blattes. Der Lehrer hat Schildchen mit einer Zeichnung und dem Wort *ala* verteilt. Flügel, das Wort, das wir zehnmal abschreiben sollen.

Die Lockenzwillinge haben schon angefangen. Ich nicht. Ich sitze still und starre auf das Blatt. Wo ist meine Mutter geblieben? Warum hat der Lehrer die Fensterläden halb geschlossen, die bei mir zu Hause immer weit offen stehen? Was soll ich tun, mich auf das Blatt stürzen oder unter der Bank verstecken?

Ich kann ihn sehen. Im Spalt zwischen zwei Läden sehe ich einen Zweig.

»Schreib, lass dich nicht ablenken.«

Der Lehrer steht auf und geht zu mir. Ich nehme den Bleistift in die Hand, ohne ihn auszurichten. Der Stift zittert und verbiegt sich von selbst. Der Lehrer legt seine Hand auf meine. Er führt sie nach oben, nach unten, beim Umrunden, beim Drehen und Abschließen. Es gefällt mir, einen Mann als Lehrer zu haben, er ist groß, der Kopf ein bisschen ergraut, die Stimme tief und freundlich. Er schreit nicht, wie meine Mutter, die Hauskrähen, die Cerasuolo, die Leute aus den Bassi.

»Kreisen, kreisen ... Ja, so. Jetzt mal ein Beinchen ...«

Die Buchstaben auf dem Blatt sehen mich an, sie zittern und reden miteinander. Ihre Bindung ist schief und gleicht der Flucht der Dachterrassen in Richtung Meer, die ich vom Balkon unserer Wohnung aus sehe. Buchstaben wie Dachziegel, Antennenbuchstaben, Zweigbuchstaben. Die ihre vollkommene Form erst dann erhalten, wenn sie am Ende der Gärten ankommen.

Der Lehrer lässt mich gewähren. Meine Hand bewegt sich von allein. In dieser gefährlichen Situation kriecht die Hand über das Blatt und macht das Geräusch von Schritten auf dem Laub. Ich habe zehnmal *ala* geschrieben. Jetzt besitze ich nicht nur den zweiten Körper. In mir gibt es auch einen zweiten Geist.

Wir sind etwa dreißig Schüler. Nunziata zählt uns jeden

Tag, als hätte er Angst, uns verschwinden zu sehen. Glattgeschorene Jungen und frisch entlauste Mädchen. Zöpfe und Pferdeschwänze stinken noch nach DDT, dem Insektenvernichter in den Häusern des Vico. Im Dezember bin ich der Engel beim Krippenspiel. Mit überkreuzten Bandagen heftet man mir künstliche Flügel an die Schulterblätter. Ich habe nur Augen für Annarella, ein blondes, mageres Mädchen, das sich vom ersten Tag an in meine Nähe gesetzt hat. Etwas Spitziges zeichnet ihren Körper vom Gesicht bis zu den vorstehenden Knien, wo es sich verbolzt. Sie wohnt an den Rampe Morisani, und ich gehe oft zu ihr, um gemeinsam Hausaufgaben zu machen.

Erinnerst du dich an sie, Ma? Der dritte Engel rechts, nach dem Chor. Ich war der zweite. Annarella hielt meine Hand, und von Zeit zu Zeit schubste sie die Cerasuolo-Schwestern einfach so, aus Bosheit.

Manchmal gingen wir zusammen zur Schule, aber auf dem Weg gab es Unterbrechungen. Sie blieb oft stehen, ihr genügte eine Farbe oder der Anblick eines wehrlosen Tieres, um zu vergessen, dass wir unterwegs zur Schule waren. Sie tat das absichtlich, wenn sie sagte, sieh mal hier, sieh mal da, um mich auf einen Streuner, einen Schmetterling aufmerksam zu machen. Dann vergaß sie mich und sprang auf das Mäuerchen. Das war kein Spiel. Ich sah, wie sie gefährlich wurde für mich und für sich. Um das Gleichgewicht zu halten, bewegte sich der Körper mit kleinen mechanischen Schritten vorwärts, dabei beugte er sich manchmal über den Abgrund, als würde er plötzlich davon angezogen. Meine Bewunderung wurde zu Angst. Ich erinnere mich an den Himmel, der ihren

Bühnenhintergrund bildete, und an die über den Abgrund gebeugten Bäume.

»Komm mit rauf!«

Es war, als würde sie sagen, du wirst nie was verstehen, nie was sehen, wenn du es nicht tust. Ich gehorchte ihr nicht sofort. Allem konnte ich mich widersetzen, aber nicht dir, Ma. Ich fürchtete, meinen Kittel schmutzig zu machen, du würdest mich schlagen. Du konntest die unfreiwilligen Flecken von denen unterscheiden, die sich ein Kind holt, wenn es Vergnügungen nachjagt. Mit einem katzenhaften Sprung kam Annarella von der Mauer herunter und urteilte über mich.

»Du bist'n Hosenscheißer, ich hab dir hundertmal gezeigt, wie es geht.«

Das stimmte nicht. Du hattest mir nie erklärt, wie man die Schritte auf dem Mäuerchen setzen musste, wie ich vorankommen konnte, ohne zu fallen. Wenn Annarella den sicheren Boden des Vico verließ und auf den Tuffstein kletterte, wanderte sie auf der Kante eines anderen Planeten davon und ließ sich in einem Sternengraben nieder. Ihr Seiltänzerinnenspaziergang sollte denen Angst machen, die auf der Erde geblieben waren.

Während wir zur Schule gingen, wartete ich darauf, dass sie meine Hand nahm. Ich glaubte an die Verflechtung unserer Finger. Es war das Zeichen einer Verschwisterung, die die Worte ersetzen konnte, die Reihe der elenden Erdgeschosswohnungen, die Tierkreiszeichen über der Kuppel der Sternenwarte und mein zwanghaftes Sammeln von Blättern und bunten Glasscherben. Den Mut, es als Erste zu tun, hatte ich nicht. Es war klar, wenn sie meine Hand nahm, tat sie das mit einem innigen Druck, über den nur sie entscheiden konnte.

In der Schule setzte sie sich mit einer Art gleichgültiger Majestät neben mich. Nunziata, der Unterricht und die Klassenkameraden waren ihr völlig egal. Die Aufgaben schrieb sie von mir ab, und mehr verlangte ich nicht, als wären die kleinen Einfälle und die vier Grundrechenarten das fehlende Bindeglied zwischen meiner Einsamkeit und ihrer Vitalität. Manchmal schlief sie ein, und Nunziata ermahnte sie nicht. Verrückter Lehrer. Er tadelte uns für jede Nachlässigkeit, und vor Annarellas Schlaf machte er ein Gesicht aus Zärtlichkeit und Bestürzung. Ich beobachtete sie heimlich, wie ich es jetzt bei dir mache. Annarellas Benommenheit war ein ungeheures Gewicht auf der Bank: Da waren die Haare, das Gesicht, die verschränkten Arme, die Langeweile und das Geheimnis, das sie nachts nicht hatte schlafen lassen. Vielleicht lag es an bösen Träumen und den Donnerschlägen eines Gewitters. Manchmal weckten auch mich bedrohliche Träume und Gewitter, und ich musste mir gegen die Schatten und die Blitze einen Schutzschild im Geist erfinden. Vielleicht spürte und sah Annarella dieselben Dinge: die Naturgewalt, die sich in die Bedrohung ums Bett versammelter Gespenster verwandelte.

Ich betrachtete ihr Profil, die aufgelösten Zöpfe. Was hatten die blonden Schimmer und die Vollkommenheit der Gesichtszüge auf dem Körper eines verdorbenen Mädchens zu suchen? Du hast gesagt, sie sei verdorben. Sofort, als ich sie nach Hause mitbrachte. Du sagtest, ich dürfe nicht mit ihr spielen, Annarella sei die Tochter einer Verrückten. Doch heimlich nahm ich mir das Recht, sie auch außerhalb der Schule zu treffen. Dir sagte ich, dass ich zu einer anderen Klassenkameradin ging, dann rannte ich die Stufen der Rampe

Morisani hoch bis zu einer Tür aus alter Kastanie, die auf der Eingangsstufe abgesunken war. Daran hing das Schildchen mit dem Namen *Serafina Gargiulo*. Der Name der Verrückten. Nur der Name der Mutter, denn einen Vater hatte Annarella nicht.

Von Zeit zu Zeit kommt Carmen ins Zimmer. Es war richtig von ihr, dieses Lied zu summen, um meine Erinnerung zu verhexen. Sie hat den Körper gereinigt, indem sie ihm das Totenhemd anzog. Sie hat neben dem Bett gesessen, war mittendrin im Gestank, im Röcheln, in der Nudelsuppe, im Kamm, in den Spritzen, den Gebeten, im Groll, im Urin, in der Scheiße, im sauren Atem, in den Vertraulichkeiten, die eine andere Version des Lebens freigeben, während ich, um der Krankheit die Türen zu öffnen, auf einem weiten Umweg, einer Art Rückzug und Geflüster, zu einem lang vergangenen Tag zurückgegangen bin, als ich Fieber hatte und Onkel Berto zu uns kam, um mich zu untersuchen.

»Mach den Mund auf, sag nicht, du kannst das nicht.«

»Ich kann das.«

»Jetzt lege ich den Löffel auf die Zunge und du machst *Aaaaa.*«

»Aaaaa ...«

»Gut so.«

Meine Mutter schien aufgeregt. Sie lief durch die Wohnung, um überall aufzuräumen, wechselte das Bettzeug und die Handtücher, legte ein neues Stück Seife ins Bad. Als Zio Berto sich an den Tisch im Esszimmer setzte, fragte sie, ob er etwas zu trinken wolle, aber er nahm nie etwas an, weil er überempfindlich war, wie alle Maiorana. Er ging ins Bad, sich die Hände waschen, und fing sofort an, mich zu untersuchen, um die Empfangszeremonie abzukürzen.

Nach der Untersuchung und dem Abhorchen legte er den Zeigefinger unter meine Augenhöhle und zog die Haut herunter. Während der Erforschung spürte ich den zweiten Körper. Er hatte sich im ersten versteckt wie eine Schicht unter dem Fleisch. Sie hielten sich umarmt, und während ich heranwuchs, bekräftigten sie einander nachdrücklich. Ich nannte das zweite Fleisch den »Bluterguss«. Aber ich verriet Zio Berto nicht. Niemals beschuldigte ich meine Mutter.

Die Jahre vergehen, und der Tag kommt, an dem ein Donner unter der Erde das Haus schwanken lässt wie ein Schiff auf dem Meer. Die Krähen schreien: »Das Erdbeben! Das Erdbeben!«

Rafele rennt die Treppen hinunter und vergisst die Familie. Vincenzina fliegt wie ein Falke über die Stufen und schreit ihm hinterher: »Läufst weg, was? Und an die Kinder denkst du nicht?« Mein Vater ist schon unten im Hausflur angekommen, aber er fühlt sich noch nicht in Sicherheit. Er dreht sich um, blickt uns beschämt und bestürzt an, während wir die letzte Treppe hinuntergehen.

Das Gedränge der Menschen auf der Flucht schiebt uns bis zur Piazzetta. Dort hat sich ein Abgrund aufgetan, der einen Flügel des Hauses Nummer 64 verschluckt hat. Vincenzina hält uns dicht beieinander, zusammen mit den Körpern der anderen. Rafele bleibt versteinert unter dem Torbogen stehen. Die Leute drücken sich an die Mauer, weg vom Graben. Manchmal ruft jemand einen Namen, der an den Nägeln im Tuffstein hängen bleibt. Den Menschen steht das Gefühl des Abgrunds ins Gesicht geschrieben, dabei schauspielern sie das der Erleichterung, dem Graben entkommen zu sein. Die Familie Terracciano, die Orsi, die Familien Cerasuolo und Sepe, die Femerone, die Schmugglerin Sisina, Tetella, die Mannfrau, ihre Schwester Emilia, die Krankenschwester Gloria, Nunziata, der Buchhalter Ferzetti, der Weinhändler, die Wurstverkäuferin und der Junge mit dem Mädchengesicht, den alle Mariomaria nennen. Die Feuerwehrmänner kommen und verteilen Decken aus kratziger Wolle. Musca, der Geldverleiher des Viertels, lässt das Tor aufreißen, das auf die Felder und ins Wäldchen des Turms führt, und schreit: »Kommt her, kommt!« Er sagt, wir könnten uns auf den obersten Hang setzen und dort die Nacht verbringen, denn sein Boden ist sicher, von den Strebemauern abgeriegelt und weit entfernt von Häusern, die einstürzen können. Er spielt die Rettung, sieht aber aus wie ein verlorener Mensch unter den anderen. Rafele will die Decke der Feuerwehrmänner nicht, das sei fremdes Tuch, sagt er, er sei kein Zigeuner und schlafe nicht auf der Erde. Meine Mutter macht die Schlange am Ohr meines Vaters, zischt ihm zu: »Ich gehe nach Hause, das Kästchen mit dem Gold holen, ich bringe dir eine Decke.« Vincenzina ist verrückt und Rafele feige. Wir sind die Läuse ihrer Pflanze. Lisa, Nando und ich. Giulietta wird ein Jahr später zur Welt kommen. Mit einem vertrockneten Ast graben wir Löcher ins Erdreich. Wir wollen den Wurm aufstöbern und die Gräben glätten. Die Leute setzen sich auf dem Gras im Kreis zusammen und fangen an zu reden. Der Wind kommt über ihre Köpfe und auf ihre Füße.

Nach der halben Nacht wird die Welt kalt, und alle ummanteln sich mit den Decken. Mein Vater hat sie immer Tiere genannt, meine Mutter Schurken. Musca, der Geldverleiher, sagt: »Wir müssen uns aufwärmen« und lässt Wein und Gläser bringen. Annarella sitzt unter dem Mispelbaum bei ihrer Mutter. Sie ist zehn Jahre alt und trägt ein Kleidchen, auf dem die Blätter rascheln. Angiulillo und Ciro Cerasuolo nehmen ihr Geschlecht in die Hand. Die Schwestern verpassen ihnen Tritte.

Dann sehe ich ihn, Ma. Mariomaria, um ihn herum die

Hölle, während er darauf brennt, das Kleid von Annarella anzuziehen. Annarella ist einverstanden. Sie gehen Richtung Orangenhain, und die Gassenjungen folgen ihnen, um sich hinter den Bäumen zu verstecken und sie zu beobachten. Ich möchte mit ihnen gehen, aber du sagst: »Rühr dich nicht vom Fleck!« Und der Befehl ist unumstößlich.

Tetella macht bei Gloria den Mann, legt den toupierten Kopf auf ihren Busen und schließt die Augen. Hinter den beiden sabbert eifernd Emilia. Sie streichelt die Locken von Sisinas Sohn und sagt immer wieder: »Schön, schön ...«, ein hypnotisches Gemurmel. Nunziata ist der Erste, der trinkt, und nach ihm trinken die anderen, um das Gefühl von der Stadt in Gefahr besser vorführen zu können. Die Terracciano will nach Hause zurück, auch sie will das Kästchen mit dem Gold holen und eine phosphoreszierende kleine Madonna in Mandelform, die sie auf dem Nachttisch stehen hat. Die Sepe fragt, ob jemand einen Stuhl für ihren Mann holen kann, den ehemaligen Wächter einer Fabrik für Lederwaren, den die Paranoia gelähmt hat, seit er pensioniert ist. Annarellas Mutter löst von Zeit zu Zeit eine Art mnemotechnische Hand von ihrer Brust, die die Erinnerung an unselige Dinge mit leichtem Zucken begleitet. Der drogensüchtige Genny und die drogensüchtige Rosaria starren auf eine Erdwolke, die um den Fuß der Bäume kriecht. Sie sind krank, und wir ekeln uns vor ihnen. Bei Tagesanbruch fängt der Lehrer Nunziata vollkommen betrunken an, Partisanenlieder zu singen, und spielt den Kindern die Episode vor, wo Odysseus den Sirenen widersteht. Er zuckt mit dem Körper, der in seiner Phantasie an den Mast eines Schiffes gefesselt ist, ruft unsere Namen auf wie in der Schule und schreit zuletzt: »Seht doch!

Seht!«, auf einen Punkt am Himmelsgewölbe zeigend. Verrückter Lehrer. Wir haben ihn noch nie schwanken sehen. Er beschreibt, was nur er sieht. Sagt, dass der Wind violett und bleigrau geworden ist, wie der, der in den Abenteuern der Epen die Menschen zur Erschöpfung bringt, und dass er ihn bekämpfen wird, um uns zu retten. Als er ausholt und das Drehen eines Schwertes im Wind simuliert, lacht niemand. Wir sind mitten in seiner Trunkenheit, als eine gezähmte und seinen Leidenschaften treu ergebene Kinderschar.

Mein Vater scheint nicht mehr am Leben zu hängen, die Flucht aus dem Haus hat ihm die Kraft und den Geist genommen, und jetzt stützt er sich auf ein Gespenst. Er spielt den Trick, hinter den Bäumen zu verschwinden und bei Sonnenaufgang zurückzukommen, als hätte er sich weit von der Erde entfernt. Stattdessen steht er wenige Meter neben uns. Er ist bis ans Ende des Eichenwäldchens gekommen. Hat die Nacht auf den Beinen verbracht, ans Tor des Turms gelehnt. Auf den Blättern trampelnd, kehrt er mit einem Sternbild im Rücken zurück.

Ein paar Monate später kommt er nach Hause wie eine eingestürzte Mauer. Er legt sich ins Bett und macht ein gelbes Gesicht.

»Was hast du?«, fragt meine Mutter.

»Der Krieg!«

»Der Krieg ist aus.«

»Nicht für mich, nicht für mich …«

Jede Woche kam Zio Berto mit einem neuen Chefarzt an. Die Untersuchungen waren sehr teuer. Meine Mutter nahm das Geld aus dem Sekretär. Zählte es hundertmal und würgte es in der Hand. Ich fragte mich, woher sie so viel Geld hatte, und ob der Sekretär nicht vielleicht ein verhextes Möbelstück war.

Während sie meinen Vater untersuchten, stellte er sich schlafend, aber man sah, dass er sie täuschte. Er wollte, dass der Arzt ohne Rücksicht freiheraus redete, um zu erfahren, ob es noch Hoffnung gab. Er wollte seinen Körper abstoßend fremd machen und ihn jemand anderem unterschieben. Meine Mutter überwachte uns nicht mehr. Wir konnten ins Wäldchen gehen oder uns in den Wohnungen im Vico herumtreiben, ohne sie um Erlaubnis zu fragen. So wie sie alles auf die Krankheit konzentrierte und sich abplagte, blieb ihr keine Kraft und Zeit mehr, Kontrolle über unser Tun auszuüben. Ich entdeckte, dass meine Mutter und mein Vater einander öfter riefen, weil die Krankheit im Haus war. Der eine sagte, Vincenzinaaa ... die andere, Rafè, ich komme schon!

»Das Geld ... Donnerstag kommt ein neuer Arzt. Haben wir das Geld?«

»Denk nicht dran, das Geld ist da.«

»Ich kenne dich, du hast listig ausgesehen. Woher nimmst du es?«

»Ich hab mir was von Italia geliehen. Aber sorg dich nicht, das zahl ich nach und nach zurück. Meine Schwester hat Geld, die hat keine Eile. Jetzt geh ich einen Apfel schneiden, tu Zucker und Zitrone drauf und bring ihn dir. Denk an gar nichts, Rafè.«

Aber er dachte ans Geld, in den ersten Monaten der Krankheit. Und musterte meine Mutter prüfend. Wenn sie zum Einkaufen ging, stand er aus dem Bett auf. Hielt sich an den Wänden fest und ging zum Fenster, um Vincenzina hinterherzuschauen. Der Krebs des Beginns hatte dämonische Seiten in ihm geweckt, ihn berechnender und misstrauischer gemacht. Mein Vater konnte bei allen Gedanken lesen und sie in seinem Kopf zusammenpferchen, als Reserve für Rache. Dann verstummte er. Er sank auf einen Grad tiefer Demütigung hinab und stieg zu jenen Gipfeln des Verstummens auf, die eine schwierige Kunst sind, eine Form, zu verschwinden, ohne viel Ärger zu machen. Von Vincenzinas Geheimnis wusste er nichts. Er wusste nicht, dass meine Mutter nur ein paar Schritte ging und ans Tor des Turmes klopfte, wo im ersten Stock Carmine Musca wohnte, der Geldverleiher, den sie um Geld bat. Ein-, zwei-, dreimal. Wir sahen sie nicht, wenn sie mit finsterem Gesicht und noch verstörteren Augen von diesen Begegnungen zurückkam.

Musca war der einzige Besitzer des Turms, es hieß, er habe ihn bei einer Versteigerung für wenig Geld gekauft. Bei ihm lebte ein verblödeter Sohn. Er hatte ihn im obersten Zimmer eingeschlossen, direkt unter dem Zinnenkranz. Eine Frau hatte er nicht. Die Krähen flüsterten, dass er sich eine Frau aus Libyen als Geliebte und Dienstmagd hielt. Eine, die von dort vertrieben worden war, wie alle Italiener. Die Ehemänner der Krähen sagten, dass dieses Weib durch und durch eine Nutte war.

Es war Annarella, die mich daran erinnerte: An diesem Nachmittag würde die Sonnenfinsternis stattfinden. Es würde am helllichten Tag dunkel werden, und der Vico würde eine andere Farbe bekommen.

»Komm zu mir«, schlug ich ihr vor, »wir gehen auf die Dachterrasse und sehen uns zusammen an, was am Himmel passiert.«

»Ja, aber wir müssen Sonnenbrillen aufsetzen, sonst werden wir blind. Und danach muss ich weg.«

»Warum? Was musst du machen?«

Sie wollte antworten, dann zögerte sie. Ihre Augen wurden zu zwei Schlitzen.

»Willst du dir dreihundert Lire verdienen?«

»Klar will ich das!«

»Dann komm mit mir, ich geh zur Tochter der Terracciano und passe auf ihr Kind auf. Sie ist frisch verheiratet, sie gibt mir sechshundert Lire am Tag. Heute teilen wir, jeder die Hälfte. Machst du mit?«

Niemand überwachte mich. Ich war geheim und unsichtbar geworden.

»Ich mache mit«, sagte ich ohne zu zögern.

Mein Vater war nicht da. Sie hatten ihn weggebracht, um Röntgenaufnahmen von seiner Leber zu machen. Zio Berto und Liubaldi waren hinter der Trage hergegangen. Auf der Türschwelle redete meine Mutter mit den Krähen. Sie sagte, dass die Untersuchungen im Krankenhaus jetzt nichts mehr nützen. Ihr Schwager hatte drauf bestanden, weil er noch immer auf ein Wunder hoffte.

»Vincenzì, kommt mit auf die Terrasse, das bringt Euch auf andere Gedanken.«

Alle Leute aus dem Haus waren da, es herrschte ein großes Durcheinander auf den Treppenabsätzen, wegen der Sache mit der Sonnenfinsternis, die sie im Fernsehen angekündigt hatten. Meine Mutter sagte den Krähen, dass sie keine Lust hatte und auf die Rückkehr meines Vaters warten musste.

Wir fragten nicht um Erlaubnis, sie selbst drängte uns zur Dachbodentreppe.

»Geht, geht ihr rauf.«

»Vincenzì, macht Euch keine Sorgen, wir passen auf die Kleinen auf.«

Ich freute mich, dass ich mit Annarella und den anderen Kindern auf die Dachterrasse gehen konnte. Jedes Mal, wenn ich mich von unserer Wohnung entfernte, lernte ich eine irdische und psychologische Distanz.

Die in ihrem Verschlag dämmernden Tauben hatten uns gehört. Sie flohen durch das Fensterchen des Dachbodens, hinterließen ein Federnschwirren und eine Welle aus Wärme. Als ich auf die Terrasse kam, sah ich, dass sie sich auf die Zinnen des Turms gehockt hatten. Von dort oben nahmen sie die Wirklichkeit auf andere Weise in Besitz, und der Boden tief unten wurde ihr Herzklopfen. Die Gassenjungen hatten sich eine Maske aus orangen Plastiklinsen auf die Augen gesetzt, die sie im Basso von Sisina der Schmugglerin gekauft hatten. Manchen klebten die Sandalen an der Teerschicht fest, die die Sonne aufgeweicht hatte. Die anderen lachten sie aus. Dann fing die Luft an zu zischen wie ein Schuss heißes Öl im

Wasser und warf einen Schleier aus schlechter Laune in alle Richtungen. Undurchsichtig geworden, warfen die Gassenjungen Steine auf eine Hundemeute, die durch den Vico lief. Angezogen von der geblendeten Farbe, mit der die Welt grau und porös geworden war, beugten die Menschen sich über die Brüstung. Auch unser Lehrer Nunziata machte ein verstörtes Gesicht. Die Cerasuolo hatten sich fein herausgeputzt: die Jungen gestriegelt und mit Krawatte, die Mädchen mit einem Liter Veilchenessenz parfümiert. Nunziata wurde immer verrückter. Er fing an gelehrt zu reden, und keiner verstand ihn. Ihm war der schrullige Einfall gekommen, den Kindern zu erklären, was eine Sonnenfinsternis war. Alle lachten, die aus der Grundschule und die aus der Mittelschule. Der Lehrer schluckte und hielt durch. Aber nachdem er »Himmelskörper« und »Kernschatten« gesagt hatte, begriff er, dass er seine Ausdrucksweise ändern musste, wie er es manchmal in der Schule getan hatte.

»Kommt her.«

»Wer, wir?«

»Ich brauche drei Jungen.«

»Was sollen wir machen?«

»Die Sonne, die Erde und den Mond.«

Die Cerasuolo ließen sich ohne einen Mucks manövrieren. Ciro, genannt *'a scigna*, das Äffchen, verpasste der Lehrer die Rolle der Sonne. Angelo, *'o sórece*, die Ratte, machte den Mond, und Carmelina, die älteste Schwester, die Erde mit großen Brüsten. Nunziata stellte sie hintereinander in einer Reihe auf und brachte jeden mit einem Klaps auf den Rücken in eine Kreisbewegung. Die Kinder drehten sich um sich selbst. Geschorene Schädel, Kinderkrawatten von der Erstkommunion, Entenfüße und abstehende Ohren rotierten synchron zwischen Sternen und Planeten in der Galaxis. Die Cerasuolo wurden ein Karussell aus Leuchten im Nebel, sie gehorchten dem Lehrer, blieben stumm und vereint, denn die Kinder aus dem Vico liefen gerne Verrückten nach.

Ich stand mit Annarella an der Brüstung. In der Luft herrschte eine Art Auslöschung. Pflastersteine und Treppengassen wurden von einem gespenstischen Geschehen erfasst. Die Mauern wurden grau und schief wie eine Geröllhalde. Die Zeit verging, nach dem ersten Staunen verließen die Leute die Terrasse. Meine Mutter rief nicht nach mir. Dabei hätte mich jemand von dieser Trübung des Raumes fortbringen müssen. Annarella drehte sich zu mir um und sah mich mit leeren Augen an. Dann sagte sie das, was meine Seele verändern sollte.

»Huch, es ist spät geworden. Sie muss ins Krankenhaus, ihre Schicht fängt an. Willst du mit, ja oder nein?«

Und wir gingen ins Haus gegenüber, zu der frisch Vermählten, die Krankenschwester im San Gennaro war und ihren Sohn der Obhut von Annarella anvertrauen musste.

Er schlief auf dem Ehebett zwischen zwei Kissen. Die Mutter hatte uns eilig verlassen und gesagt, in ein paar Stunden würde ihre Schwiegermutter uns ablösen kommen. Annarella sollte den Schlaf des Kindes bewachen und ihm die Windeln wechseln, falls er aufwachte. Ich betrachtete das Bett. Es thronte mitten im Zimmer. Das hohe Kopfteil aus Messing hatte ein Röschenmuster. Ein trostloser Nieselregen schlug gegen die Fensterscheiben.

»Komm her, ich muss dir was zeigen.«

Annarella hatte sich über das Kind gebeugt und zog ihm die Windel aus. Ein rosiger Körper erschien, der nichts wahrnahm.

Von der Gasse stieg ein Lockruf auf. Einer dieser Pfiffe, die der brünstige Mann vorübergehenden Frauen hinterherschickt. In Neapel hört man sie am frühen Morgen und bei Sonnenuntergang. Sie bestehen aus einem glühenden Zischen und schließen mit dem Grammelot des unflätigen erotischen Wortes. Als er ins Zimmer drang, berührte Annarella, von dem Pfiff wie von einem verblüfften Impuls getrieben, den Penis des Kindes.

»Fass ihn auch mal an. Schau zu, wie man das macht, dann bist du schon gelernt, wenn du einen Verliebten hast.«

Sie kitzelte den Penis des Kindes und machte Augen wie ein toter Tintenfisch. Ich näherte mich. Dem Bett, ihr, dem Kind. Streckte die Hand aus, gedrängt von einer melancholischen und pompösen Kraft. Danach floh ich, im Körper diese Art Vergewaltigung und in der Tasche die dreihundert Lire Lohn.

Als ich die Treppen hinaufging, sah ich die Tür der Cerasuolo und die der Familie Orsi sperrangelweit offen stehen. Hinter der ersten Tür wischte Rosaria mit einem grauen Lappen den Fußboden. In der anderen Wohnung saß Signor Orsi mitten im Flur in seinem Gelähmtensessel, las die Zeitung und saugte Milch durch einen Strohhalm. Verquere Menschen und schiefe Wohnungen. Die Erdanziehungskraft hatte sich verändert, hielt sie und die Mauern in ihrer Schräglage zusammen.

Ich betrat unsere Wohnung und erblickte ein Skelett mit scharf umrissenem Kopf, einem Schal um den Hals und schwarzen, glänzenden Schuhen. Es war Carmine Musca. Im Vico nannten sie ihn *sfaccimma*, Dreck, und *sanguetta*, Blutsauger. Er ging dicht an mir vorüber, begrüßte mich wie eines der Gespenster von Eduardo de Filippo und ging mit seinem wässrigen Gang fort, ohne ein Wort zu sagen. Meine Mutter versteckte das Geld im Sekretär. Doch ich hatte es gesehen, und Nando und Lisa hatten es auch gesehen.

»Was wollt ihr hier bei mir? Geht spielen, *iatevenne*, nun geht schon ...«

Wir gingen ins Wohnzimmer, um das Kettchenspiel zu spielen. Man musste die Knoten lösen und aus wechselnden Farben neue Halsketten und Armbänder machen. Niemand sah mich an. Verstohlen beobachtete ich die Wohnung und die Gesichter von Lisa und Nando. Es gab noch eins, das von Giulia, der jüngsten Tochter von Vincenzina und Rafele. Sie war anderthalb Jahre alt und spielte seit ein paar Monaten mit uns auf den Fliesen. Wir saßen im Kreis, umhüllt von einem grauen Schleier, als wäre die Sonnenfinsternis noch nicht vorüber. Ihre Wirkung war noch da, verstreut zwischen Möbeln und Stoffen, und wollte nicht verschwinden. Sie tat weh, lastete auf der Heimlichkeit dessen, was wir getan hatten, und versank in den Kettchen, die ihre Farben verloren.

»Vincenzì, lauft, lauft!«

Rufe auf der Treppe. Die Hauskrähen, in großer Zahl auf dem Treppenabsatz herbeigelaufen, klopften an die Tür. Nando ging aufmachen, meine Mutter rief: »Was ist passiert?«

Zio Berto und der Buchhalter Liubaldi hatten meinen Vater nicht festhalten können, er war auf der Treppe gestürzt. Die Krähen hatten ihm auf die Beine geholfen.

»Vincenzì, der hat drauf bestanden. Er wollte selbst die Treppe hoch, wollte sich nicht tragen lassen. Dann ist er gefallen.«

Die Krähen stützten meinen Vater. Rafele wurde mitgeschleift, seine schlaffen Füße schlurften über die Maserung des Marmors. Vincenzina grollte, sie war kühl, als ärgerte es sie, ihren Mann an den Frauen des Palazzo hängen zu sehen. Er lächelte verwirrt. Zio Berto hielt den Umschlag mit der Röntgenaufnahme in der Hand. Ich dachte, jetzt haben sie sie entdeckt. Den zweiten Körper und den gewachsenen Krebs. Denn vielleicht hatten wir alle in der Familie einen zweiten Körper. Rafele sprach nicht. Als sie ihn durch das Wohnzimmer und das Esszimmer führten, murmelte er, er schäme sich wegen der Kinder und man solle uns seinen Anblick aus den Augen schaffen. Meine Mutter half ihm, sich ins Bett zu legen. Zio Berto flüsterte meiner Mutter den medizinischen Befund ins Ohr. Meine Mutter gab ihn weiter ins Ohr der Krähe Terracciano. Zio Berto und Liubaldi verließen uns nach einer halben Stunde metaphysischer Ermutigungen: Gott würde seine Hand über ihn halten; die Vorsehung war mächtig; ein Wunder konnte immer geschehen. Mit diesen Sätzen von Zio Berto und Liubaldi gingen auch die Frauen aus dem Haus, aber rückwärts, wie die Koryphäen angesichts des Schrecklichen.

Meine Mutter sitzt auf der Bettkante neben meinem Vater. Sie öffnet den Umschlag. Das Röntgenbild ist voll verstreuter Nebelwolken. Meine Mutter tut so, als deutete sie die Formen. Dann merkt sie, dass wir in Unterhöschen an der Türschwelle stehen, bereit zum Schlafengehen, ohne dass sie uns antreibt. Die Unterhöschen sind weiß, das Gummiband an den Leisten ausgeleiert, sie gleichen denen, die sie Kindern in Nachkriegsfilmen anzogen.

»Geht schlafen, es ist spät.«

Sie schließt die Tür. Sie schlägt sie nicht zu, aber man hört trotzdem, dass die Tür verriegelt ist. Die beiden reden, und was sie sagen, werde ich immer hören können.

Mein Vater hat einen Tumor, der streut, und eine andere Frau. Die Schweinerei fand in den Lasterhotels zwischen Porta Capuana und Piazza Garibaldi statt. Aber die beiden wurden auch vor den Schaufenstern des feinen Corso Umberto gesehen, wo die Nutte sich Handschuhe und Parfüm kaufen ließ.

Für meinen Vater sind heute zwei Dinge zu Ende gegangen: die Illusion, gesund zu werden, und die Geschichte mit der Frau.

Vincenzina sagt es ihm. Sie ist zu der Nutte gegangen und

hat wie eine Dame mit ihr geredet, ohne Handgreiflichkeiten. Sie hat ihr aufgelauert, als sie aus dem Büro kam, demselben, wo Rafele arbeitet. Die Nutte ist eine angestellte Nutte. Meine Mutter hat ganz ruhig gesagt: »Lass ihn in Ruhe, er ist Familienvater. Lass ihn, sonst bring ich dich um, dich und die Kinder.« Die angestellte Nutte hat es geglaubt. Sie musste es glauben, denn meine Mutter hat einen Blick aus Feuer und einen anderen aus Eis auf sie geschleudert. Meine Mutter hat das Chaos perfekt aufgeführt. Die Rivalin ist geflohen. Heute Morgen ist ein Abschiedsbriefchen bei Rafele angekommen, das die Nutte Liubaldi gegeben hatte. Vincenzina hat es gesehen. Bevor Berto und der Buchhalter mit Rafele ins Krankenhaus fuhren, hat sie gesehen, dass Rafele den Brief las und ein finsteres Gesicht machte. Dann hat er ihn im Nachttisch in einer Socke versteckt. Sie hat ihn gelesen. »Hier ist er«, sagt sie. »Jetzt kann man ihn zerreißen.« Vincenzina reißt ihn in viele schmale Streifen, als Schmähung, wie Adelì es mit Iolandas Kleid gemacht hat.

Rafele weint unter der Decke. Das Weinen meines Vaters ist nicht verrückt und flehend wie das meiner Mutter. Es ist ein Strömen, das vom Bett aufgesaugt wird.

Meine Mutter reicht ihm das gewaschene und gebügelte Taschentuch. Sie möchte ihm eine eindrucksvolle Rede halten und so zungenfertig sein wie die angestellte Nutte, als sie sich vor Angst in die Hose gemacht hat und Schwüre und Beteuerungen abgespult hat. Stattdessen betrachtet sie das Röntgenbild, sieht eine Parade aus Wolken und sagt: »Rafè, es gibt frisch gekochte Brühe und ein bisschen Fleisch.«

»Ich hasse Fleisch«, antwortet mein Vater, »gib mir nur die Brühe.«

Als der Sommer 67 mit all seinem Licht in Capodimonte ankam, schickte meine Mutter uns zu ihren Schwestern, und nur Giulia blieb bei ihr, sie war zu klein, um weggeschickt zu werden. Lisa ging zu Zia Maria nach Villaricca. Nando in ein Sommerlager zwischen Licola und Lucrino. Ich musste ins Haus von Iolanda im Vico Equense, und für weitere zehn Tage in das Internat, wo Zia Italia arbeitete. Am Morgen der Abreise kam uns Zio Tonino abholen, der vierte Bruder meiner Mutter.

Die Reise bis zum Vico Equense machte ich wie eine Deportierte, in einem Lieferwagen, mit dem Zio Tonino die Geschäfte in Chiaiano und Marano mit Milch belieferte. Im Fahrerhaus war kein Platz mehr, weil ein Freund vom Onkel mit uns fuhr. Sie hatten mich im Laderaum zwischen Kistenstapeln untergebracht. Auch der Bettrost und die Matratze fuhren mit, mein ganzes Bett, das in Iolandas Haus verfrachtet wurde, weil sie keins für mich hatte. Ich sprang auf das Bett, um aus dem Fenster zu schauen. Stumme Felder und eingeschlagene Mauern flogen vorbei. Dann die lebendigen und die toten Gärten, die Wirbel heißer Luft und die Rosenbüsche, die wie eine Schlaflosigkeit des Lebens an den Begrenzungsmauern und dem Wellblech von Fabriken klebten. Schließlich viele Abwasserrinnen des Meeres.

Iolanda hatte ich nur bei meiner Erstkommunion gesehen. Danach war sie verschwunden, wie alle Verwandten nach jedem Fest und jeder Beerdigung. Ich hatte eine verschwommene Erinnerung an sie, und als ich sie wiedersah, erschien sie mir ganz wie meine Mutter, bis auf die Augen, die nicht blau, grau und grün waren, die drei chaotischen Farben in den Pupillen von Vincenzina Umbriello, sondern dunkel mit einem samtenen Überzug. Als ich aus dem Transporter stieg, kam sie mir lächelnd entgegen. Sie war noch immer schön, mit einer großen, unter einer Knopfreihe eingeschlossenen Brust. Ihr Mann, der Schuster, hatte sie in den fünfziger Jahren in den Vico Equense gebracht. Sie besaßen eine Werkstatt für handgearbeitete Sandalen, die gut lief, denn die Touristen liebten die Flipflops mit Zehentrennern aus Leder und die Holzsandalen mit den geblümten Riemen. Die einzigen Spuren des alten Dramas trug sie in den Augen, die manchmal hin und her schwankten, ohne sich auf etwas zu heften.

Am vierten Tag meines Aufenthalts riecht das Städtchen nach Brot. Barfuß gehe ich über die Treppe, die zum Meer führt. Ich folge der Kartierung der Zikaden, die zu Hunderten zwischen den Olivenbäumen kreischen. Die Männer haben begonnen, mich anzusehen. Sie werfen den Pfiff der Schlangenfänger hinter mir her. Ich laufe bis zum Strand, bis zur Hütte, wo ich mich ausziehe.

Das Meer ist eine Traurigkeit geworden, die man einholen muss. Schwimmstöße. Ich lasse die Bojen, die ankernden Boote hinter mir. Der Strand ist weit weg. Keine Schatten auf dem Wasser. Ein verstreutes Licht. Ich kann mich treiben lassen. Fange an, in die Tiefe zu gehen. Ich darf keine Angst haben. Ich werde zu Schaum, zum Tentakel. Rosaaa ... Rosaaa! Niemand wird mich aufhalten. Ich tauche tiefer. Wellen, Annarella, das Kind mit der geöffneten Windel, mein Vater, meine Mutter. Rosaaa! ... Wellen, die Tod und Innenleben wiegen. Vielleicht ist die Kindheit so in die Welt eingetreten. Auf dieselbe Weise muss sie wieder hinausgegangen sein. Der Meeresgrund ist eine Straße aus Sand und Weihwasser. Eine Muräne fragt mich: Wer bist duuu? Ich bin Rosaaa. Was suchst du hier? Ich weiß nicht, vielleicht ein versunkenes Wesen, das mit einem anderen spricht. Rosaaa ... Rosaaa!

»Was ist passiert, hattest du einen Krampf? Du hast einen Krampf gekriegt, was?«

Peppiniello und Sasà, meine Cousins, die Söhne von Iolanda. Sie holen mich aus dem Wasser.

»Wir bringen dich jetzt nach Hause. Und wenn du das nächste Mal weit rausschwimmen willst, machen wir das zusammen.«

Iolanda beobachtet mich den ganzen Tag lang und nachts. Sie hält meine Hand, bis ich einschlafe. Morgens finde ich eine Tasse Milch mit Keksen auf dem Nachttisch, und sie, die auf meinem Bett sitzt. Sie betrachtet mich lange, als dienten ihr die Samtaugen dazu, von ihrer Geschichte zu meiner hinüberzugleiten. Ich erzähle ihr, dass ich Stimmen am Grund des Meeres gehört habe. Sie sagt: »Nun ... das kommt vor.«

Ein paar Tage später kam Zio Tonino mich abholen. Er sagte, dass er mich ins Internat zu Zia Italia bringen werde. Dort würde ich nicht lange bleiben, nur bis mein Vater aus dem Krankenhaus zurückkam. Man habe ihn operiert, sagte er, um die kranke Masse bei ihm zu entfernen.

Ich stellte keine Fragen. Ich schämte mich. Und die kranke Masse war genug Materie, um zu verstehen. Ich sah Ruinen und Gärten vorbeiziehen und alte Frauen mit Spatzenköpfchen, über die Felder gebeugt.

Das Internat war ein ehemaliges Kloster, das nun als Waisenhaus diente. Am späten Nachmittag kam ich dort an. Als ich vom Lastwagen stieg, hatte ich neun Jungen vor mir, aufgereiht im Hof – Pasquale, Enzino, Gabriele, Patrizio, Robertino, Antimo, Mariolino, Gaetano und Sergio –, außerdem die lächelnde Zia Italia, Signor Gallo, den Buchhalter des Hauses, der Gary Cooper ähnelte, und Concetta Finizio, die Köchin und Wäscherin, eine Frau mit einer großen weißen Schürze und rundem Oberkörper. Robertino nahm meinen Koffer und lief eine breite weiße Treppe hinauf. Heute habe ich Hackbraten gekocht, sagte die Köchin-Waschfrau. Gary Cooper und Zia Italia zeigten mir die Räume bis zu einem Zimmerchen am Ende des linken Flügels. Dort würde ich schlafen.

Es gab Reihen prächtig verzierter Türen in den langen Fluren des Internats, Bögen und Treppchen um den Kreuzgang an der Hinterseite des Gebäudes. Große Säulen, die dem Umlauf der oberen Loggia folgten, und geheimnisvolle, immer verschlossene Türen. Manchmal liefen die Waisenkinder auseinander wie eine Herde auf der Flucht. Sie spielten mit den Miniaturporträts auf der Sitzbank im Portikus, wurden zu vereinzelten Gestalten um einen Tisch des Refektoriums. Sie schienen unbeseelt, auch wenn sie sich bewegten. Wenn ich ihnen begegnete, blieben sie in einem gewissen Abstand stehen und ließen mich vorbeigehen, ohne mit mir zu sprechen. Zia Italia sagte, sie seien nicht böse, aber man müsse die Augen offen halten, denn sie infizierten sich mit allem, die einen an den anderen. Sie infizierten sich gegenseitig, dachte ich, wie es bei mir und Annarella passiert war.

Am Samstagabend wurden neues Bettzeug und frische Unterwäsche ausgegeben. Ich erkannte die Laken wieder. Sie waren genauso wie die, die Zia Italia jedes Jahr meiner Mutter schenkte. Aus dicker, gelblicher Baumwolle. Auch ich schlief darin. Zia Italia gab uns oft Sachen aus dem Waisenhaus.

Um acht Uhr morgens, nach der ersten Messe, fingen die Waisen an auszuschwärmen. Sie rannten durch die Säle und über den Hof, von einer Erregung gepackt, aus der nach ein paar Stunden Langeweile wurde. Gary Cooper beobachtete sie vom Fenster seines Büros aus, Zia Italia von der Eingangstür. Wenn sie sich nicht an die Regeln hielten, gab es eine Strafe. Die Waisen schrien nicht, wie die Jungen im Vico. Sie prügelten sich sogar stumm. Das Waisenhaus war mit Armut infiziert, verstoßene Körper und Finsternis. Aber das durfte man nicht sagen. Man konnte es nicht sagen.

Antimo tötete die Dinge, die er ansah. Sergio trennte sich nie von einem kleinen Rucksack, den er auf dem Rücken trug wie eine leere Hülle. Pasquale lachte grundlos das Lachen einer Frau. Enzino wurde immer gezwungen, Pfänder zu zahlen. Er umkreiste den Brunnen auf Knien rutschend und musste zehnmal sagen: »Ich komme aus Jerusalem ohne zu lachen und ohne zu weinen ...« Patrizio ging mit gesenktem Kopf und sprach mit niemandem. Zia Italia sagte, seine Krankheit bestehe darin, dass er immer woanders sei. Wo ist er denn? »*'O ssape isso!* Er weiß es!«, beschied sie mir knapp.

Als der letzte Tag meines Aufenthalts kam, wurden die Waisenkinder zum Abschied versammelt. Pasquale kam auf mich zu und steckte mir einen Zettel in die Tasche.

»Das schickt dir Sergino, er will eine Antwort.«

Ich stieg auf den Lieferwagen, und dieses Mal ließ Zio Tonino mich neben ihm vorn sitzen, denn der Freund war nicht dabei. Der Wagen setzte sich in Bewegung. Pasquale sprang in die Höhe und schlug schreiend ans Fenster.

»Die Antwort! Die Antwort!«

Ich las den Zettel. In krakeliger Handschrift stand dort: *Willst du meine Verlobte sein? Unterschrift: Sergino.*

»Nein, ich will mich mit niemandem verloben!«, schrie ich.

Ich habe oft daran gedacht, Ma. Wie du den Anblick des Unheils auf Rafeles Körper ertragen hast. Du hast weitergemacht, Essen gekocht, Wäsche gewaschen, die Ecke der Wohnung mit meinem Vater darin beschützt. Der Schmerz ist erfinderisch bei Gefühlen. Er hat dir die Lügen für ihn eingegeben, während du ihn wuschst, seine Unterhosen und Bettwäsche wechseltest, als würdest du ihm eine bequemere Hülle für seinen Körper bereiten.

Du hast auch besessen an Genesung gedacht. Aber du hast sie nirgendwo gefunden. Darum sind die Versuchungen der Seele über dich gekommen, während du Milch kochtest. Der Gedanke, ihm zu helfen, damit er schneller sterben kann, oder der, in sein Koma einzudringen, um ihn anzuschreien: »Komm zurück, komm zurück!«

Eines Tages rief mein Vater mich zu sich. Ein säuerlicher Geruch schwebte im Schlafzimmer, als er mich ausfragte.

»Hast du mich lieb?«

»Ja.«

»Und wie bin ich, gut oder böse?«

»Du bist gut.«

»Glaubst du an die Seele? Die ewige Seele?«

»Ja.«

»Betest du für mich?«

»Ja.«

»Und was betest du?«

»Ich bete, dass du gesund wirst.«

Er rief auch Lisa und Nando zu sich und stellte ihnen dieselben Fragen. Er wollte sich von uns verabschieden und uns zu Richtern ernennen.

Meine Mutter dagegen wurde von den Krähen gerufen.

»Vincenzì, du musst die Engelskette machen, nur so kommt das Erbarmen. Hör zu, wir sagen dir, was man tun muss. Hier ist der Zettel mit dem Empfangsgebet, hier die Anrufungen und der abschließende Gruß. Mach einen kleinen Altar in der Wohnung, auf einem Tisch oder einer Kommode, wo du willst, es genügt, wenn du ein schönes weißes Tischtuch drauflegst. Dann braucht man drei Dinge: eine Blume, eine Kerze und eine Frucht. Und auch die Sachen müssen alle ganz weiß sein ...«

Meine Mutter zerbrach sich den Kopf, denn sie kannte keine weißen Früchte.

»Nur sozusagen weiß, Vincenzì. Du nimmst einen grünen Apfel, blassgrün, Hauptsache, er hat keine grelle Farbe. Diese drei Dinge legst du auf den Altar. Du zündest die Kerze an. Dann öffnest du die Tür und bleibst dort stehen. Du liest das Gebet vor. Der Engel fühlt sich freundlich empfangen und kommt sehr langsam herein. Er ist unsichtbar, aber du musst trotzdem neben ihm gehen.«

»Wie denn, wenn ich ihn nicht seh?«

»Du spürst ihn, Vincenzì. Du siehst, wie das Licht sich verändert, und dir wird warm in der Brust.«

Die Krähen saßen um den Tisch im Esszimmer und reichten einander die Zettel mit den Gebeten und ein Bildchen von Jesus mit geöffnetem, leuchtendem Brustkorb. Das Herz in der sezierten Brust lief unten spitz zu wie die Herzen auf Kinderzeichnungen. Die angefeuerten Gesichter der Krähen schienen von den Lichtnadeln aus dem Herzen Jesu beleuchtet zu werden.

Noch nie hatte ich meine Mutter mit so großer Gefügigkeit gehorchen sehen. Sie bereitete den kleinen Altar auf der Kommode vor, postierte sich auf der Türschwelle und las das Gebet laut vor. Sie wartete ein paar Minuten, dann machte sie den Gang bis zum weißen Tischtuch allein.

Der Teufel des Hauses kümmerte sich nicht um diese Verrichtungen. Er kauerte auf dem Sekretär in einer Pose, die die Haltung meiner betenden Mutter verhöhnte. Ich kannte ihn. Ich hatte ihn an der Schlafzimmerdecke gesehen. Mal war er Schmeißfliege, mal Spinne.

Meine Mutter wartete auf die Ankunft des Engels, dann schlief sie ein. Ein Arm über Rafele gelegt, der andere streifte Giulietta, die im Bettlaken eingewickelt war wie ein spiralförmiges Lämmchen.

Um acht Uhr morgens klopfte es an der Tür, aber es war nicht der Engel. Es war Don Ciro, der Barbier des Vico. Meine Mutter hatte ihn kommen lassen, damit er meinen Vater rasierte. Rafele Maiorana hatte die Augen geschlossen und sprach nicht. Auch als die Rasierbewegungen ihm etwas Blut stahlen, sagte er nichts. Don Ciro aber schwätzte ununterbrochen, er wollte meinen Vater täuschen.

»Wie gut Ihr ausseht, Don Rafè! Das war mal nötig. Jetzt seid Ihr sauber und riecht gut.«

Als Don Ciro die letzten Schaumreste mit einem weißen Lappen abgetupft hatte, war der Atem meines Vaters ein schleimiges Gurgeln geworden.

»Signò, was meint Ihr, soll ich ihm auch die paar Härchen in der Nase schneiden?«

»Jaja, schneidet ihm auch die Härchen. Und auch bei den Kindern die Haare ein bisschen stutzen, sie müssen anständig aussehen.«

Anständig. Einer nach dem anderen, derselbe Topfschnitt mit Pony, bei mir, Lisa und Nando, denn einen anderen konnte Don Ciro nicht.

Tag für Tag wurde mein Vater mehr zu einem Geist in den Rissen des Tuffsteins, zu einem der Wäschestücke, die an den Balkonen hängen und schwingen wie die Gliedmaßen akrobatischer Zigeuner, und Tag für Tag besuchten die Hauskrähen unsere Wohnung. Sie kamen gegen neun Uhr morgens mit Fläschchen voll Weihwasser und Tüchern aus geschmeidiger Kunstseide, die Sorte, wo ein leuchtendes Blumenmuster auf schwarzen Grund gedruckt ist, und die sie trugen, wenn sie den Moment häuslicher Erhabenheit hervorheben wollten. Nach dem Ritual des Verspritzens von Weihwasser auf dem Bett und dem Bauch meines Vaters setzten sie sich in unnachgiebiger Haltung vor ihn hin, als müssten sie der Krankheit und dem Tod entgegentreten und beide beherrschen. Sie waren fasziniert von unserem Schicksal. Sie kannten den Namen der Krankheit meines Vaters, hauchten ihn einander in die Ohren wie ein Stoßgebet, und wussten, dass Vincenzina, die zum Grabmal erstarrt auf einem Strohstuhl saß, diesen Thron mit einer tragischen und kindischen Willenskraft besetzen wollte, um das Voranschreiten des Todes im Auge zu behalten. Diese Art Rührung tauschten die Krähen untereinander aus. Wenn sie Vincenzina nachahmten, war es wie ein spirituelles Exerzitium: »*Puveriello*, der Arme, wer weiß, wie er sich fühlt, er macht ein Gesicht wie ein

Toter ...« Eindringlich musterten sie uns und meinen Vater. Als wären wir Fische in einer Glaskugel.

Eines Sonntagmorgens fing meine Mutter auf ein mysteriöses Kommando an zu zittern.

»Vincenzì, was hast du? Wie fühlst du dich?«

Sie fühlte sich als Zielschiebe einer fatalen Erinnerung. Sie dachte an Biasino und an den Schatten von Adelì, an diese Gestalten, die noch nach vielen Jahren auf sie herabstürzten wie ein Platzregen. Und antwortete: »Die Knie ... sie lösen sich auf. Das ist das Zittern ... Seht doch ... Das bin ich nicht mehr, das bin ich nicht mehr ...«, als brächte sie einem anderen Wesen außerhalb ihrer selbst den Beistand. Sie zeigte die zitternden Hände vor, damit alle begriffen, dass es Rafele war, der ihr vom Bett aus dieses hysterische Tastenanschlagen in der Luft schickte.

Die Krähen traf das wie ein elektrischer Schlag. Sie sprangen auf, um zu untersuchen, wo genau die Stelle des Leidens saß, und formten im Kreis um meine Mutter die Gravitation der tröstenden Seelen.

»Du isst ja auch nichts seit drei Tagen, du musst essen, musst dich ausruhen. Was willst du denn? Willst du umfallen?«

Umfallen. Das konnte Vincenzina Umbriello gut. Sie hatte es getan, wenn sie ihre Leidenschaft für Rafele auspresste, und sie würde es wieder tun, um den Anwesenden und dem ganzen Vico zu zeigen, dass sie genau so werden konnte wie der ausgestreckt im Bett liegende Ehemann, wenn sie am Sarg der Fliesen kleben blieb. Wäre sie in diesem Augenblick der Länge nach zu Boden geschlagen, hätte das Bild ihres gestürzten Körpers die Wahrheit offenbart: Rafele und Vincenzina, beide am Boden festgenagelt, aber ohne eine immerwährende Beziehung. Der Erste an die säuerlichen Laken gefesselt, die Zweite kurz davor, von einem mit Stroh umwickelten Thron zu stürzen.

»Denk an die Kinder, Vincenzì ...«

Meine Mutter, die eben noch geschwankt hatte, richtete sich auf. Sie sah uns mit zusammengekniffenen Augen an, weil ihr Blick sich Mühe geben musste, uns in den Ecken hinter einem Spinnennetz aufzustöbern.

»Steht auf, ist kalt am Boden.«

Die Krähen bildeten einen Halbkreis um sie. Das verwirrte Hirn meiner Mutter nahm sie in gerader Reihe wahr, bereit zum Vormarsch.

»Verlier keine Zeit, du musst zur heiligen Nonne gehen, musst sie um diese Gnade anflehen!«

»Was soll ich ihr sagen. Ich schäme mich ...«

»Ach was, schämen! Die hat schon Unmögliches geheilt!«

»Neeein, ich kann nicht reden, ich krieg keine zwei Worte zusammen ...«

Die Augen der Krähen drehten sich synchron zu mir.

»Dann schick Rosa, die hat eine flinke Zunge und spricht gut Italienisch.«

Da geh ich nicht hin, sagte mein Kopf. Ich geh nicht hin, ich geh nicht hin ...

Meine Mutter hörte mich, auch wenn ich nicht gesprochen hatte.

»Du musst hingehen, intelligent wie du bist, kannst du alles gut erklären ...«

Sie flehte mich an, damit ich einwilligte. Das hatte sie noch nie getan. Sie glaubte, dass Italienisch, vor allem im Angesicht Gottes, eine präzise und königliche Sprache war.

Ich beschloss, einen Brief zu schreiben und ihn laut vorzulesen, so würde ich keinen Fehler machen. Das sagte ich meiner Mutter und den Krähen. Die Krähen applaudierten mir.

»Bravo, Rosa, was für eine gute Idee! Schreib mit all deinem Gefühl. Schreib, dass dein Vater noch jung ist, deine Mutter auch, und dass ihr Kindchen seid. Was noch? Willst du über die Krankheit sprechen? Erzähl alles, was ihr erleiden müsst.«

Als es Abend wurde, hörten die Hauskrähen auf, meine Seele zu durchforsten. Sie verließen die Wohnung eine hinter der anderen, wie sie gekommen waren, von den Stimmen ihrer Kinder gerufen, die essen wollten.

Ich nahm Papier und Federhalter und ging zum Tisch im Esszimmer. Die Sonne verschwand von den Fenstern, zuletzt blitzte hinter der Kuppel der Sternwarte ein kreuzförmiger Strahl auf. Der Turm stand noch ein paar Augenblicke blutüberströmt im letzten Licht.

Der Brief begann mit dem Satz *Mein Vater ist krank, er ist ein guter Mensch, er glaubt an die ewige Seele* und endete mit *Gott darf ihn nicht zu sich rufen.*

Ich gehe an der Mauer des Waldes von Capodimonte entlang, die die Via dei Pontirossi säumt. Unter meinen Schuhen springen die Eicheln zur Seite. Ich gehe wie immer, in Gedanken, dabei verwechsle ich die glänzende Schale der Eicheln und ihre Mützen in Form afrikanischer Hütten mit einer Vertraulichkeit der Schöpfung.

Die Kirche des Volto Santo, das Haus des heiligen Antlitzes. Nach der ersten Kurve taucht sie auf. Auf dem Vorplatz die erregte Menge der Gläubigen. Gierige oder somnambule Gesichter wie die im Vico. Sie scheinen gefangen in einer Wollust voller Ängste und Gewissensbisse. Wie auf ein Theaterkommando öffnet sich die Menge und lässt einen alten Mann hindurch, der kleine Bildnisse der heiligen Nonne verteilt. Ich nehme eins und studiere es. Breiter Unterkiefer, Mittelscheitel, die Haare zu einem Knoten im Nacken zusammengebunden. *Madre Flora* steht darunter geschrieben. Die Augen sind schwarz, mit einem nervösen Zittern in die Blässe des Gesichts gehängt. Die Stirn ist breit. Darüber streicht eine Art Ewigkeit. Ein Porträt der inneren Bewegung, der Blick ist auf eine erbärmliche Schicksalshaftigkeit gerichtet.

»Signurì, Ihr seid dran. Ist es wegen empfangener Gnade?«

»Nein, ich muss darum bitten.«

»Dann geht in die Sakristei, von dort geht es zum Hauptaltar wegen der Gaben.«

Das wogende Halbdunkel. Es bereitet auf die Angst vor dem körperlichen Kontakt mit einer Friedhofswesenheit vor.

Die Nonne sitzt im Beichtstuhl. Man sieht ihr schneeweißes Profil. Es scheint, als wollte das Licht unter der Haut zum Schleier werden, und als blickten die Augen auf einen Moment der Traurigkeit. Als sie sich auf mich richten, empfinde ich sie als klar und verloren. Ich knie nieder. Die Stimme von Madre Flora kommt mit einem aus der Erde geholten Satz.

»Wir haben dich erwartet.«

Wer hat mich erwartet? Gott, das Halbdunkel, die Sünde?

»Sprich das Glaubensbekenntnis.«

»Ich erinnere mich nicht mehr an alles ... Darf ich das Vaterunser sprechen?«

»Nein. Ich werde es sprechen, und du wiederholst meine Worte.«

Das Gebet erscheint mir sehr lang. Am Ende finde ich den Mut, zu sprechen.

»Ich habe einen Brief geschrieben, darf ich ihn vorlesen?«

Sie nickt. Ich hole das Blatt Papier aus der Tasche. Madre Flora hört zu, ohne mich zu unterbrechen. Danach frage ich: »Kann mein Vater wieder gesund werden?«

»Das ist schwierig ... Die Krankheit ist zu stark.«

So besiegt kann ich nicht weggehen. Meine Mutter glaubt, dass ich mit meiner Rede Gott und die Heiligen überzeugen kann. Ich darf sie nicht enttäuschen.

»Aber er muss gesund werden!«, schreie ich.

Sie verschließt sich wieder in ihr Profil von vorhin. Die Augen starren wieder auf den Traurigkeitsmoment, der ihr eine Vision zurückschickt.

»Wascht ihn mit Wasser und Salz. Und betet, betet.«

Der Hügel von Capodimonte ruht auf einer Reihe Höhlen. Unter den Schritten hallt das Echo einer alten Katastrophe. Ich spüre die Leere und den Herzschlag der Steine und Bäume. Am Eingang des Vico bleibe ich stehen. Wascht ihn mit Wasser und Salz, wiederhole ich, wascht ihn mit Wasser und Salz.

Meine Mutter wusch das gelbe, einsame Fleisch meines Vaters mit Wasser und Salz, den Penis, der sich in den Hodensack verkrochen hatte wie ein Wurm in der Frucht. Mein Vater hatte einen Meerespunkt in den noch offenen Augen.

»Vincenzì, du hast alles richtig gemacht, bleib ganz ruhig, wir gehen jetzt, in ein paar Stunden kommen wir wieder.«

Die Stimmen der Krähen verschwanden, und die Wohnung wurde zum Andachtsraum für Vincenzina: Rafè, jetzt wechsle ich deine Bettwäsche, die Laken riechen schlecht. Rafè, mach den Mund auf, du musst trinken.

Beim Erwachen am nächsten Morgen schob meine Mutter uns in das Licht, das aus dem Schlafzimmer kroch.

»Kopf hoch, Kinder, geht euch von eurem Vater verabschieden.«

Wir gingen hintereinander ins Zimmer, Lisa vorn, ich in der Mitte, Nando als Letzter. Zio Berto war da, die Hauskrähen, der Commendatore Zanetti, Zio Tonino, Zia Italia, Zia Iolanda und Liubaldi. Es fehlten die Toten und Zia Moira, die nie aus dem Haus ging.

Es gab das Schauspiel der schwarzen Tücher auf dem Tisch im Esszimmer. Die Krähen trennten Nähte und ordneten die Falten. Sie hatten die Tücher aus ihren Schränken geholt und passten sie jetzt unseren Maßen an. Herausgeputzt in Trauer schritten wir zwischen zwei Flügeln aus Haus- und Familienvolk hindurch. Kommt, sagte Zio Berto. Und wir folgten ihm bis zum Bett.

Mein Vater war gelb, lag ausgestreckt. Ein Taschentuch hielt seinen Kiefer fest und endete mitten auf dem Kopf in einer schlaffen Schleife. Meine Mutter wiegte sich allein auf einem Stuhl neben dem Bett. Die vier Kerzen an den Ecken des Bettes erzeugten vage Lichthöfe statt einer klaren Umgrenzung.

Als sie sich mit einem Ruck umdrehte, machte meine Mutter in ihren Kleidern das schwirrende Geräusch einer Eule.

»Was wollt Ihr, konntet Ihr nicht bis morgen warten?«

Der Mann, der ins Kerzenlicht getreten war und sich ihr zu sehr genähert hatte, war Carmine Musca.

»Ihr irrt Euch, liebe Signora, ich wollte Euch mein Beileid aussprechen, denn später geht es nicht, ich bin in Eile. Die Kapelle ist angekommen, ich muss mich aufstellen. Wie Ihr wisst, bin ich die erste Posaune. Wenn ich fehle, wird keine Musik gemacht. Ihr dürft jetzt nicht an diese Angelegenheit denken. Das ist nicht der passende Moment. Es tut mir leid ... Es tut mir sehr leid.«

Hätte sie gekonnt, hätte meine Mutter jetzt Eulenkrallen und eine Mondbahn ausgefahren, um darauf zu fliegen, bis sie Musca an den Haaren packen konnte. Sie hatte sich bei dem Geldverleiher des Vico verschuldet. Um die Ärzte zu bezahlen, den Leichenwagen, die Kapelle von San Rocco, die auf patriotische Lieder und Rossini-Arien spezialisiert war. Zuletzt hatte sie einen Sarg aus Mahagoni bei der Firma Buoncuore und Söhne gekauft, die sich in Neapel mit zwei anderen Bestattungsunternehmen den Markt des Todes teilte.

Zwei wie Finanzpolizisten aus dem vergangenen Jahrhundert gekleidete Männer waren gekommen. Sie hatten meinen Vater in den Sarg gelegt, jetzt hämmerten sie auf den Rand. Sie hoben den Sarg an, als hätte er kein Gewicht, und gingen die Treppe hinunter. Unter dem Torbogen verabschiedete ich mich von meinem Vater.

Sie stellten den Sarg auf den Wagen. Meine Mutter streichelte das glänzende Holz. Dann drehte sie sich zu den Krähen und Verwandten um: »Er ist schön, nicht?«

Die Kapelle zog hinaus auf den Vico. Sie spielten das patriotische Lied vom Piave mit verlangsamtem Tempo.

Seit der Zeit ging ich jeden Nachmittag zu Annarella. Sie kam aus einer schiefen Tür auf halber Höhe der Rampe Morisani, drei Stunden vor Sonnenuntergang, im Licht, das von der aufgehängten Wäsche gefiltert wurde. Nach dieser Tür bedeckte ein Wirbel aus Glockenblumen die Gassenmauer. Vor dieser Tür gab es in der Mauer ein Gittertörchen, das auf einen kleinen Vorplatz führte, dessen Boden die Wurzeln einer Glyzinie gespalten hatten. An der Hauswand eine Gedenktafel, unter Glas das Porträt eines jungen Soldaten: *Ruggero Aldini, 1922–1943, Kriegsheld.* Er hatte nichts mit Annarella zu tun. Das Haus gehörte einer alten neapolitanischen Familie, die vor vielen Jahren nach Rom umgezogen war. Die Erben der Aldini vermieteten es Annarellas Mutter für wenig Geld, denn niemand wollte ein Haus auf der Treppe, das mühsam zu erreichen und feucht war, es hatte auf zwei Seiten keine Sonne.

Annarellas Familie war auf ein Mindestmaß geschrumpft, sie und die alte Mutter, eine Schneiderin, die am Fenster sitzend in einer Art moralischer Anspannung nähte und ihre Statur mit dem wechselnden Licht veränderte. Sie war alt wie eine Parze, die Haare fielen ihr auf die Schultern. An manchen Stellen waren sie gelblich, die Reste einer nie wieder aufgefrischten Blondierung. Alles wäre in Ordnung gewesen, wenn Annarella und ich, hauptsächlich angezogen von den Geheimnissen des Körpers, uns niemals unter dieses Volk armer Frauen gemischt hätten, wenn wir in der Kindheit stehengeblieben wären, den Tagen, an denen sie auf dem

Aussichtsmäuerchen balancierte, der schwindelerregenden Höhe trotzend. Annarella hatte mit elf Jahren aufgehört, zur Schule zu gehen. Jetzt arbeitete sie in einer kleinen Werkstatt für Handschuhe, die im Untergeschoss des Hauses Nummer 49 untergebracht war. Wie eine vermoderte Lunge atmeten die Wände die metallene Luft und den säuerlichen Rindsgeruch, den die Maschinen und die aufgeschichteten Tierhäute absonderten. Acht Stunden am Tag. Annarella arbeitete dort vormittags und nachmittags, zusammen mit drei alten Arbeiterinnen und zwei Jungen aus dem Viertel Sanità.

Im Sommer stieg die Sonne wie eine glühende Arche hinter dem Turm auf. Eine brennend heiße Sonne, wie jene, die damals über dem antiken Theater stand. Die Menschen verschwanden im Taumel eines erbarmungslosen Lichts, das Gewissensnöte und Schwächen offenbaren musste.

In Annarellas Haus gab es Erinnerungen an die geflohene Familie. Zwei wurmstichige Vitrinen, eine Marmorsäule, ein Merkur aus Bronze und ein alter Wandspiegel. Möbel, die die Aldini zurückgelassen hatten, als sie eilig aufbrechen mussten, nach dem Konkurs ihrer Textilfabrik und dem Skandal, dessen Echo noch immer im Vico widerhallte.

»Bruder und Schwester machten Schweinereien. Man hat sie oben auf der Terrasse gesehen, herumgeknutscht haben sie. Vater und Mutter verfluchen sich wegen der Schande.«

Annarella zeigte mir die blau gefärbten Schatten, die diese Möbelstücke zu einer bestimmten Zeit auf den Boden warfen. Sie führte sie mir vor wie etwas Verdorbenes, flüsterte, sie seien voller Klagerufe. Und erklärte gleich darauf, dass sie vor nichts Angst habe, das alte Haus hielt die Schatten an sich gekettet und tröstete sie gleichzeitig.

»*Iammo*, gehen wir ein bisschen sonnenbaden!«

Im Sommer legten wir uns auf der Terrasse in die Sonne. Nackt, die Kleider auf dem Teerboden verstreut, zwei Handtücher zum Drauflegen, Sonnenöl und ein Plattenspieler. Annarella war voll spitzer Knochen, die Zöpfe fielen ihr über die Brüste wie zwei blonde Seile, an denen jemand ziehen musste.

Eines Tages vertraut Annarella mir die Geheimnisse des Körpers an, während sie sich die Nägel lackiert. In der Hitze der Erzählung hilft der Kopf dem Gefühl auf die Sprünge. Der Kerl, der sie gehabt hat, ist Frisör und kommt aus dem Vico dei Cristallini. Sie haben sich schon oft im Wald von Capodimonte getroffen, aber das letzte Mal war verhängnisvoll. Sie trug Schuhe mit Absätzen und Riemchen um die Knöchel. Er hat ihr den Minirock, die Brüste und alles andere zerknautscht. Auf der Wiese hinter der Manufaktur für Keramik und Porzellan. Er hat sie an bestimmten Körperstellen geleckt, die bitter geschmeckt haben mussten, denn der Kerl hat sich von Zeit zu Zeit abgewandt und ein Gallegesicht gemacht. Sie hat ihn gewähren lassen, weil ihr ein Mann, der in Hitze gerät, leidtut. Heimlich hat sie nach seinem anschwellenden Geschlecht gespäht, sie wollte es zwischen ihren Füßen reiben, in der Stellung, die man in dreckigen Blättchen abgebildet sieht. Aber er hat ihre mit Erde beschmierten Füße gesehen, hat sich geekelt und nicht gewollt. Da war sie tödlich beleidigt. Sie hat ihn in den Hals und die Ohren gebissen, bis es wehtat. Sie ist der Mann geworden und er die passive Frau. Sie hat sein Geschlecht gequetscht, als wollte sie es mit einem anderen, herbeiphantasierten Geschlecht durchbohren. Dann war plötzlich der Teufel los. Ein irrer Regen ist runtergekommen, dass sie völlig durchnässt zum Ausgang rennen mussten. Als sie sich in die Bar Diodato gegenüber dem Wald geflüchtet hatten, haben die Leute sie angesehen, als wären sie noch halbnackt. Sie hat ihren zerknitterten, verkrumpelten Rock glattgestrichen. Der Barista hat ihre Oberschenkel angestarrt, die voller blauer Flecken waren, vom Bad im Regenwasser noch hervorgehoben. Sie hat ein Schäfchen aus Schokolade gekauft. Um sich interessant zu machen und es ihm zu schenken. Aber dann hat sie es ihm doch nicht gegeben. Sie hat sich plötzlich geschämt und gleichzeitig gefürchtet. Sie hat gewartet, dass er sich wieder mit ihr verabreden würde, aber er hat sich umgedreht und bloß gesagt: »Ich geh, wir sehen uns.« Und sie: »Ich geh auch.« So sind sie auseinandergegangen, ohne sich wirklich zu verabschieden, mit einem gedemütigten Körper. Schlimmer als eine Flucht. Er ist durch den Vico gegangen, im Regen. Sie hinterher, langsam, damit ein Abstand bleibt. Auf dem Boden die Spritzen der Fixer und der übliche Dreck: leere Bierflaschen, Pizzapapier und Fischköpfe. Sodass sie das alles plötzlich nicht mehr aushält. Ihre Mutter versteckt das Geld vor ihr und nimmt sich auch ihren Wochenlohn. Die Handschuhe, die sie nähen muss, bringen sie zum Kotzen. Immer die gleichen, ewig diese beiden zwanghaften Modelle: schwarz oder braun mit kräftiger Naht für Männer, weiß oder cremefarben aus dünnerem Leder für die Frauen. In der Fabrik gibt es einen bösartigen Einfluss, der von den Pedalen der Nähmaschinen ausgeht und in ihrem Kopf ankommt. Davon hat sie sich jetzt befreit, sie braucht einen Verliebten, um abzuhauen.

Riderà riderà rideraaaà ... Der Plattenspieler läuft auf Hochtouren.

»Komm, Rosa, wir tanzen!«

Wir spielen das Paar auf der Terrasse. Die Sonne blendet mich. Annarella ist warm und drückt sich an mich. Bei uns beiden sind die Brüste gerade erst hervorgekommen. Ihre, mit rosigen Brustwarzen, heften sich an meine, die bräunlich sind, wie Napfschnecken an der Klippe.

Annarella spricht nicht. Ich spüre sie weich an meinem Körper, als hätte sie keine spitzen Knochen mehr. Ich ertrinke in der Lust, mit dem Mund an ihrem Hals anzukommen, der sich unter meinem Atem neigt. Ich drücke sie fester an mich. Klebe mein Schambein an die Hitze des ihren.

Sie weicht zurück bis zur Brüstung der Terrasse. Ich spüre den Schmerz vom zurückgehaltenen Urin, der sich auflösen will wie ein Weinen.

»Warte, ich muss was holen ... Warte hier auf mich«, sagt sie. Und verschwindet.

Ich habe auf sie gewartet, Ma. Sie ist nicht zurückgekommen. Minute für Minute, fast eine Stunde lang, glaube ich. Dann habe ich verstanden. Annarella hatte sich amüsiert und mich verlassen, mich an einer Verstörung hängenlassen. Ich bin aufgestanden, weil ich noch auf dem Boden saß, die Arme um die Knie geschlungen. Im Haus waren alle Türen weit geöffnet. Ich bin auf Zehenspitzen gegangen, wie ein Dieb. Annarellas Mutter war auf ihrem Stuhl eingeschlafen. Von ihr selbst keine Spur. Ich bin durch die Schatten der Möbelstücke aus dem Haus gegangen und nach Hause gelaufen. Habe die Kränkung des einsamen Körpers gefühlt, in Erwartung eines Donners, der nicht kam. Über den Treppen war die Sonne schwarz geworden. Ein Brand, an sein Ende gekommen. Ich habe an die sperrangelweit geöffneten Türen gedacht. Annarella hatte sie aufgemacht, damit ich ihr Haus schnell verließ.

Als ich die Treppen hinaufstieg, fühlte ich mich wie eine aufgezehrte Flamme. Ich hätte gerne die wirkliche Familie und einen Unterschlupf vorgefunden. Vielleicht bin ich darum sofort ins Bett gegangen und habe mich unter der Decke versteckt.

Ich habe geträumt, Ma. Du hattest uns gesagt, am nächsten Tag würde die Großmutter aus dem Dorf kommen. Ich erinnerte mich nicht an sie. Ich hatte sie nur einmal gesehen, da war ich zu klein. Während die Wohnung dunkler und stiller wurde, schlüpfte ich in die Phantasie, dass Adelìs Ankunft eine krumme Wurzel geradebiegen könnte.

Im Traum gab es Adelì, die mit den Füßen über eine schlammige Straße schlurfte, und ein Fensterchen der Zeit, durch das Lisa, Nando und ich sie ankommen sahen.

»Adelì, wohin gehst du?«

Sie wollte zu uns, Ma. Sie stieg in den Bus, ohne den Muhmen zu antworten, die sie und die Straße ausspähten. Im Fensterchen spiegelte sich das Spinnengewebe ihres Gesichts mit vielen Furchen in Form von Kreuzen. In Neapel angekommen, ging sie durch eine städtische Menschenmenge, die sie schubste, als existierte sie nicht. Im Traum sagte ich: »Lasst Großmutter durch, lasst sie durch.«

Als ich aufwachte, war Adelì wirklich. Sie saß mitten in unserem Wohnzimmer mit einem Berg Nüsse im Schoß. Die knackte sie und bot sie uns an. Während wir die Kerne knabberten, sprach sie über dich, wie in Gedanken versunken, und ihr Gesichtsausdruck saß ganz in den kreuzförmigen Falten fest: *Quanno l'aggio »mparato a cammena«*, als ich ihr das Laufen beigebracht hab; als ich ihr die neuen Schuhe angezogen hab, als ich ihr zu essen gegeben hab ... Dann nahm sie triumphierend das Tuch hoch, das einen am Boden neben ihren Füßen abgestellten Korb bedeckte, und ein totes Kaninchen erschien. »Das schmeckt gut, Großmutter hat's für euch geschlachtet«, sagte eine mitleidlose Stimme aus dem Dunkel ihres Mundes. Das Kaninchen hatte noch einen Blick. Meiner glitt über seine fahle Haut, und als er auf die verschleierten Pupillen traf, fühlte er sich gegeißelt und schändlich. Du kamst ins Zimmer, Ma, mit dem Kaffee für sie, und sie steckte sofort eine Hand in die Brust.

»Hab dir Geld gebracht für die Kinder, nimm's, du kannst es brauchen.«

Sie legte zwei Scheine zu fünfzigtausend Lire auf das Kaffeetablett, unter die Zuckerdose. Du hast sie nicht sofort genommen, Ma, vielleicht, weil es dir peinlich war, das vor uns zu tun. Wir blieben im Schneidersitz um sie herum sitzen und hörten sie bis zum späten Nachmittag von Distelfinken und Küken reden. Adelì malte das Bild der Geschöpfe, mit denen sie uns faszinieren wollte. Wir hingen an ihren Lippen, ohne uns ein Wort entgehen zu lassen. Aus ihrem Mund kamen Beinchen und Augenringe von Vögeln, Geschichten vom Einfangen und Befreien, Mühsal von Tieren, die nach Wärme suchen.

»So, jetzt geh ich, ist spät geworden.«

Als das liturgische Licht des Sonnenuntergangs ins Wohnzimmer fiel, ging sie davon, begleitet von unseren am Fenster klebenden Augen. Umnebelt schritt ihre Gestalt über den Vico, um bald zu verschwinden. Sie hatte kein Wort über Rafele verloren, aber sie war wegen dieses Todes gekommen, um Pietät zu üben, ohne den Namen auszusprechen.

Einen Monat später, als Adelìs Geld ausgegeben war, hast du angefangen, als Geldverleiherin zu arbeiten, Ma, und du hattest Carmine Muscas Einwilligung, der dir die »Kunden« verschaffte. Es war grausam. Grausam, Einfluss auf das Leben des Armen an der Seite des Armen zu nehmen, doch du hast es getan, weil jeden Monat, wenn Rafeles Pension ins Haus kam, auch das Aufteilen und Verzweifeln begann. Die Wirklichkeit, von der Ohnmacht erstickt.

»Rosa, komm mit mir, du kannst gut rechnen ...«

Vico Unghiato, Vico Saponaro, Vico Sant'Antonio Abate, die Salita Miradois, Vico Cristallini, Vico Impagliafiaschi im Borgo Vergini. Du nahmst mich mit auf den Rundgang des Geldeintreibens. Ich sei das klügste Kind, sagtest du ihnen, du bräuchtest mich für eine schnellere Kontrolle, und damit ich alles in Schönschrift ins Heft schrieb. Ich folgte dir auf den Rundgängen durch die Hölle, auf der Spirale der Wohnlöcher, wo wir das menschenunwürdige Leben der anderen streiften. Manche Türen öffneten sich uns widerstandslos, andere blieben geschlossen, dann mussten wir wiederkommen und mit drohendem Klopfen auf der Forderung beharren.

Das Rechnungsheft schlug ich auf wie ein schwergängiges Schloss, am Tisch sitzend, meist eingezwängt zwischen kaltblütigen Frauen und kleinen stummen Geschöpfen. Ich verzeichnete die Namen, die Daten, die sich zuziehende Schlinge, die Zahlen, die Zinsen, und während ich das tat, offenbarten die Körper der anderen ihre Geschichten.

»Vincenzì, ich brauche fünfzigtausend Lire. Hier sind die zwanzigtausend vom letzten Mal. In einem Monat fang ich mit dem Rückzahlen an, sobald ich die ganze Partie Zigaretten verkauft habe. Rosa, schreibst du?«

Ich schrieb. Es war das erste Mal, aber ich schaffte es, die Abrechnungen in Ordnung zu bringen, ohne dass Blut von den Zahlen spritzte. Du und die Sisina, die Schmugglerin, ihr habt mich im ersten Basso im Namen des Fleisches und Elends wiedergetauft.

Ich erinnere mich noch an den sechsarmigen Kronleuchter der Schmugglerin, er war aus Keramik mit geschnitzten Röschen. Ihren zweijährigen Sohn hatte sie aufs Bett gesetzt. Um nicht gestört zu werden, hatte sie ihn mit Spielzeug und Bonbonnieren umgeben. Das Kind beobachtete mich, während ich schrieb. Sein Atem klang nach Nebenhöhlenentzündung. Es beugte sich über die Bonbons. Griff nach einer Gondel, saugte erst am Bug, dann am Heck. Der Kronleuchter bewarf es mit dem Licht einer dörflichen Festbeleuchtung.

Vico dei Guantai, Vico Saponaro, Vico Impagliafiaschi im Borgo Vergini ...

Als wir im Vico Saponaro Tetellas Schulden eintreiben gingen, öffnete uns Emilia. Die Stoffe auf ihrem Körper machten ein trocken raschelndes Geräusch. Du hast ihr zweimal im Jahr Kleidung geschenkt. Abgelegte Sachen. Aus ewig haltbarem Stoff, von den Einkünften des Geldverleihs gekauft. Emilia sagte, komm rein, komm, als wären wir eine einzige Person. Sie ergriff meine Hand und zog mich an den Tisch im großen Zimmer. Das diente zu allem, als Esszimmer, Schlafzimmer und Küche mit sichtbarem Klo. Einmal sahen wir beim Reinkommen Tetella mit den Füßen in einer Wanne. Sie strich mit einem Rasiermesser über ihre Oberschenkel, dabei widmete sie den Leisten besondere Sorgfalt.

»Rasierst du dir die Beine?«, fragte sie mich, während ich das Rechnungsheft aufschlug.

Die Haare fielen ins Becken, die an den Leisten in kleinen schwarzen Büscheln. Du öffnetest die Taschen, die du mitgebracht hattest. Emilia erregte es, unsere Kleider anzuprobieren. Sie sprang auf dem Bett herum wie ein übertrieben bekleideter Clown, die Schultern gepolstert, schief gekrempelte Ärmel und mehrere Röcke übereinander. Sie trällerte: »Tetella liebt sich mit Gloria, Tetella ist nackt mit Gloria!« Sie schlug mit den Fingerknöcheln auf ihr Schambein, wie ein Affe, um zu zeigen, von wo die Anziehung zwischen den beiden ausging. Tetella ohrfeigte sie.

Es war seltsam anzusehen, wie Emilia sich veränderte.

Unter den Schlägen wurde sie intelligent, als riefe die Gewalt eine innere Disziplin bei ihr wach. Sie machte sich daran, die Kleider mit wahnhafter Präzision zusammenzufalten, die Ärmel überkreuz zu legen, die Röcke glattzustreichen und die Kragen nach innen zu schlagen. Schließlich quoll das Bett über von Stapeln aus eingelaufenen Jacken und abgestoßenen Säumen.

Während du das Geld herausholtest oder zurückbekamst, saß Tetella gewöhnlich auf einer Stufe unter dem Fenster und blieb stumm, bis das Heft wieder geschlossen wurde. Ihre schwarzen, wilden Augen fixierten mich mit zwei Flämmchen aus Neid. Der muskulöse Körper endete in einem großen, toupierten Kopf. Tetella stellte zu Hause Bonbonnieren her, eine kümmerliche Arbeit, die die Geldnot und das Sicherheitsbedürfnis ungelöst ließ. Es gab keine Mutter in diesem Haus und auch keinen Vater. Gloria arbeitete als Krankenschwester, sie und Tetella hatten sich aus Begehren und wirtschaftlicher Notwendigkeit verbunden. Manchmal setzten Emilia, Gloria und Tetella eine Kettenreaktion aus Gewalt und Gefühlen in Gang: Gloria schlug Tetella, Tetella tobte sich bei Emilia aus. In friedlichen Momenten gab Tetella Gloria einen Kuss, Gloria gab ihn an Emilia weiter, von Ast zu Ast, wie eine Affenfamilie mit Nachahmungsinstinkt. Die Kette brach ab, wenn das Liebespaar ins Bett ging. Dann wurde Emilia mit Geld losgeschickt, um sich Eis und Chlorophyllkaugummi zu kaufen, Süßigkeiten, denen sie nicht widerstehen konnte. Ich sah sie auf dem Vico hin und her gehen, denn wenn sie zu früh zurückkam, warfen Tetella und Gloria sie wieder raus. Dann ging Emilia sich noch ein Eis kaufen, leckte es langsam, an der Hauswand des Milchgeschäfts lehnend. Der Himmel senkte sich, und Emilias Gestalt trat in die Wolken ein.

Ich habe sie von nahem gesehen, Ma, die heillose Addition unserer alten Kleidungsstücke und ihres Körpers.

Die Gassenjungen kamen vorbei und machten sich über sie lustig: »Emì, sing Gianni Morandi für uns!« Sie ließ sich nicht zweimal bitten, denn sie war verrückt nach Gianni Morandi: *»Io voio pe' me le tue caresseee ... io t'amo di più quella mia vitaaa ...«* Die Cerasuolo schütteten sich aus vor Lachen und klatschten. Einer steckte die Hand zwischen ihre Schenkel, zog sie heraus und roch daran. Immer mehr Jungen umkreisten sie und riefen im Rhythmus: »Emì stinkt, Emì, Emì stinkt ...« An dem Tag, an dem Emilia mit blutbefleckten Beinen aus dem Wald kam, zerriss Tetellas Schrei den Vico. Emilia war vor dem Basso stehen geblieben. Ihre Lippen waren geschwollen und die Knie mit Erde beschmiert. Ein Rinnsal Blut lief an ihrem Bein hinab und verschwand unter dem ausgeleierten Strumpfsaum. Hinter dem Rücken hatte sie die Hände zur Faust geballt, als hielte sie einen schweren Schwanz fest, der aus ihr herausgekommen war. Tetella musste ihre Finger gewaltsam öffnen. Schließlich ließ Emilia los und lachte. In der einen Hand war der Wohnungsschlüssel, in der anderen zwei Kronkorken von Bierflaschen. Gloria kam keuchend an, sie trug eine Wanne voll Wasser. Sie taten es im Vico, Ma, vor allen Menschen, Emilia waschen und mit sanftem Reiben abtrocknen. Sie behandelten die Vergewaltigung mit Zartgefühl, wie etwas mit einem spirituellen Ursprung, das jetzt niemand mehr entweihen konnte.

Darum bin ich in ihre Häuser zurückgekehrt. Um das Ausmaß an Grausamkeit wiederzusehen, das in ihre Körper gepflanzt war. Um es mit meinem Maß zu vergleichen und zur Seele werden zu lassen. Auftritt und Aufführung einer Seele.

Wenige Meter von Emilias Wohnung entfernt lag ein weiterer Basso. Dort wohnte Mariomaria, das Wesen, das ein umgedrehtes Gebet in sich trug.

Die Tür zur Wohnung der Malone war schief und krumm, wie die Familie, die dort wohnte: der Vater mit einem D'Annunzio-Kinnbärtchen und vier Haaren auf dem Schädel, die Mutter grau und winzig, über einen Aufguss gebeugt, der ihr half, Schleim auszuwerfen, Adele, die Krankenschwester-Tochter, Umberto, der verblödete Sohn, und Mariomaria, der frauenhafte Schatten im Basso.

»Was glaubst du denn? Ich habe ein Diplom«, sagte Mariomaria, als ich meine Mutter zum ersten Mal in die Wohnung der Malone begleitete. »Ich habe den Grafikkurs an der Akademie gemacht. Ich sollte nach Mailand gehen, musste nachts abhauen, aber dann ist passiert, was passiert ist. Komm, ich zeig dir was. Du erschrickst doch nicht?«

Er führte mich in den hinteren Teil des Basso. Es war ein entropisches Zimmerchen voll verwilderter Schatten, die das Mobiliar und das ungemachte Bett auf chaotische Weise in sich aufsaugten.

»Setz dich und sieh mich an, hier, schau mal.«

Die Oberschenkel, der Rand der Strümpfe. Mit einem Ruck, als zöge er das Kaninchen aus dem Zylinder, hob Mariomaria den Rock. Mit dieser Geste zeigte er mir seine Verwandlung.

»Hat mich fünf Millionen gekostet. Ich habe mich in der Schweiz operieren lassen. Du weißt nichts davon, das ist meine eigene Geschichte ...«

Er erzählte sie mir wie einen Kreislauf aus Tod und Auferstehung.

Als kleiner Junge hatte er angefangen, mit Adas Puppe zu spielen. Der Vater beobachtete ihn dabei, und eines Tages verschwand die Puppe. Umberto, der Bruder, erzählte ihm, dass die Eltern sie auf den Müll geworfen hatten. Er holte sie wieder aus der Tonne heraus. Wusch sie von Kopf bis Fuß. Schon von einer einzigen Nacht zwischen Abfällen war die Puppe krank geworden. Sie hatte ein leukämisches Köpfchen bekommen, und ein Augenlid war für immer herabgefallen. Er bekleidete sie mit einem weißen Kissenbezug und einem Plastikschleier. Und versteckte sie im Klo hinter dem Spülkasten. Das war ein sicherer Platz, dort würde der Vater sie nie finden. Nachts holte er sie zu sich unter die Bettdecke und ermahnte sie, sie dürfe nicht bluten, denn er träumte einen Traum, in dem die Puppe zu einem lebendigen Wesen wurde, das zu laufen versuchte, hinfiel und sich verletzte. Er entdeckte, dass man sie auseinandernehmen konnte, indem man sie an den Beinen festhielt und den Oberkörper drehte. Er untersuchte sie, um zu sehen, woraus sie innen gemacht war. Da war nichts, nur das Faltengewirr der Hohlform, das aussah wie nachlässig zusammengeflicktes Fleisch. So war er herangewachsen, eine zerlegte Puppe anstarrend, bis der Vater das heimliche Spiel entdeckte und sie ihm endgültig aus der Hand riss.

Ein Jahr später verliebte er sich in seinen Klassenkameraden, der Filippo hieß, wie die Fürsten, und das Gesicht eines fremdländischen Kindes hatte, mit nussbraunen Augen, roten Haaren und schneeweißen Zähnen. Mariomaria fehlte ein anderes Wesen, das er mit sich herumtragen konnte.

Nach der Grundschule, er war zehn Jahre alt, begann er, Adeles Kleider vor dem Spiegel anzuprobieren. Sie standen ihm nicht, Adele war klein mit breiten Hüften, während sein Körper lang und schmal aufblühte.

»Erinnerst du dich an unsren Lehrer Nunziata? Er hat immer so viele Geschichten erzählt ...«

Derselbe Lehrer in unterschiedlichen Jahrgängen, aber immer besessen von Unsterblichkeit und Metamorphose. Hyakinthos, die Frauen des Zeus, der Pferdegott, der Ziegenbockgott, Narziss, die Götter des Windes, der Schwan, der Ochse, die Verzauberungen, die Verwandlungsfluchten, die Besuche in den Hypogäen. Nunziata erzählte die Mythen, als wäre er der direkte Nachkomme vieler Fabeln. Vielleicht wusste er, dass die armen Kinder sich für die Vermischung von Dämonen, Menschen und Tieren begeistern. Mariomaria hatte in Nunziatas Geschichten seine eigene Natur erkannt. Und ich die Beziehung zwischen meinem Körper und dem meiner Mutter.

»Und Signorina Capece, die Musiklehrerin, erinnerst du dich an die?«

Mariomaria öffnete eine Schublade der Kommode.

»Sieh mal, die bewahre ich seit vielen Jahren auf ...«

Es waren Partituren, eine ganze Mappe voller Notenblätter.

Signorina Capece wohnte im zweiten Stock von Haus Nummer 49. Tochter eines faschistischen Parteiführers, der 1944 hingemetzelt wurde. Nach dem Krieg war sie in den Vico Unghiato gezogen. Ein Umzug von Posillipo nach Capodimonte, damit sie den Leuten nicht mehr begegnete, die das Gesicht abwandten, wenn sie sie sahen, und um sich vor der Geschichte zu verstecken, die ihren Vater noch immer tötete.

Aus ihrem Fenster kam der Klang des Klaviers und stieg

auf bis zu den Dächern. Am Morgen und am Nachmittag. Im Vico verstand keiner diese Musik, aber wenn die Hauskrähen sich aus dem Fenster beugten, um die Wäsche aufzuhängen, machten sie das Gesicht des Gefühls.

Mariomaria war damals neun Jahre alt. Die Musik verzückte ihn, wenn er unter der Wohnung der Capece vorbeiging. Über dem Eingangstor gab es ein Wappen, zwei lockige Köpfchen mit aneinandergelegten Stirnen. Ihm erschienen sie wie *»cape 'e bambule«*, wie Puppenköpfe in einer Haltung, die sie zwang, bis in alle Ewigkeit ihre Gedanken auszutauschen.

Die Musik hatte Schmerz und Macht. Sie verschluckte die Abflussrinnen und die Pflastersteine, und wenn sie bei den Rauchschwaden über den Feldern ankam, verlor sie sich und wurde zur Farbe des Himmels.

Die Capece hatte bemerkt, dass Mariomaria hingerissen unter ihren Fenstern stehen blieb, und eines Tages rief sie ihn.

»Komm rauf, ich zeig dir das Klavier.«

Schön. Schwarzglänzend mit dem vergoldeten Schriftzug *Steinbach*. Ein unbekanntes Wort, aber es war ihm geheimnisvoll und elegant erschienen.

Vier Jahre lang bekam Mariomaria Klavierstunden, vier Jahre Sinnestäuschung. Jedes Mal, wenn Mariomaria die Tasten berührte, fühlte er sich in eine Welt hineingezogen, die brannte. Die Capece saß mit der Achtsamkeit einer Mutter neben ihm. Sie hatte eine seidige Stimme, lebhafte Augen und duftende Hände. Mariomaria wäre gerne für immer in ihrer Nähe geblieben. An dem Tag, als eine Sirene die Luft des Vico zerriss und ein Krankenwagen unter dem Bogen der

Mädchenköpfe hielt, begriff er, dass das Leben für jeden einen Verrat birgt.

Die Krähen hatten die Tür der Capece aufgebrochen, weil sie seit einer Woche keine Musik mehr hörten. Die Lehrerin hatte sich an einem Deckenbalken des Badezimmers erhängt. Schuld war das Laster, hieß es im Vico. Signorina Capece trank und liebte Knaben, wie ließen sich sonst die von leeren Flaschen Marsala und Wermut überquellende Abstellkammer und die Tatsache erklären, dass sie stundenlang umsonst Klavierunterricht gab? Die Capece mochte süße Liköre und junges Fleisch.

Das sei nicht richtig, sagte Mariomaria. Die Leute ernährten sich von Bosheiten. Ja, die Signorina trank, mehrmals habe er ihren Alkoholatem gerochen, aber tausendmal falsch sei die Anschuldigung des anderen Lasters. Er könne das sagen. Die Capece habe ihn niemals angefasst, nicht mal mit einem Finger. Manchmal habe sie ihm schöne Dinge gesagt: »Man muss der sein, der man zu sein fühlt ...« Die Capece habe seine Natur verstanden.

Man erlaubte ihm nicht, die Signorina und den Balken zu sehen. Also inszenierte Mariomaria selbst ein Bild des Todes im Badezimmer bei sich zu Hause.

Chopin im Kofferradio, die Batterien fast leer, die Musik krächzend. Er füllte die Wanne mit Wasser, schraubte das Rasiermesser auf und nahm die Klinge heraus. Sie bereitete ihm keinen Schmerz, war wie ein seidenes Tuch, das in die Haut eindringt, ohne auf Widerstand zu stoßen. Als er in den Strudel stürzte, verschmolzen die krächzende Musik und Adeles Stimme zu einem einzigen halluzinierten Ruf.

»Du bist seit drei Stunden da drin, mach auf, aufmachen! Wenn du nicht aufmachst, treten wir die Tür ein!«

Die Gesichter Adeles und des Vaters tauchten auf wie zwei kalte Monde.

»Ich bin eine Frau, ich bin eine Frau!«, schrie er, als sie ihn hochzogen. Doch keiner von ihnen konnte die Entbehrung und die Sehnsucht in seinen Worten verstehen. Keiner.

Als Mariomaria aus dem Krankenhaus entlassen wurde, schlossen sie ihn einen ganzen Monat lang in Männerkleidern in der Wohnung ein. Das Eingesperrtsein erschien ihm als ewiges Gefängnis. Die Mutter zerriss Lappen, um sie ihm auf die Stirn zu legen, der Vater verfolgte ihr Tun mit einem Zementblick. Mariomaria schrie und schlug mit dem Kopf gegen die Wand. Jeden Tag hörte er Adeles Zischen hinter der Wand: »Diese Schande! Wir müssen ihn einsperren!«

An einem Dezembermorgen packte die Mutter den Koffer, und der Vater brachte ihn in die Irrenanstalt Leonardo Banchi, in der Hand die Bescheinigung eines Kassenarztes, der ihn nie untersucht hatte.

Du hattest mich gewarnt, Ma, ich solle den Basso der Malone nicht mehr betreten. Das sei eine schaurige Familie. Der Wahnsinn kam aus dem mütterlichen Blut, einer Sippe, die sich seit den fünfziger Jahren im Vico festgesessen hatte. Den Abgrund, den sie durchmachten, erkannte man an den nervösen Grimassen. Adele bewegte sich zuckend wie die Vögel und überwachte die Störungen im Haus. Umberto, erklärtermaßen schwachsinnig, verbrachte die Zeit mit Rauchen und der Lektüre pornografischer Bildergeschichten. Der Vater spaltete die Körper der anderen mit den Augen, und die Mutter war eine Frau ohne Blick, eine Art schwere Masse, die sich mit angestrengten Schritten mühsam durch die Wohnung schleppte, als müsste sie gegen einen Wind ankämpfen, der ständig um sie herum wehte.

Ich bin trotzdem zurückgekehrt, auch als Mariomaria an der »Pest des Vico« erkrankte, wie du es nanntest. Ich musste in das Elend und den Traum der anderen Wesen eintreten, in den Zangengriff ihres Begehrens und ihrer guten Seite.

Mariomarias Geist hatte sich verfilzt. Er trug ein maisgelbes Tuch um den Hals, um seinen eiskalten Nacken zu schützen, und sagte andauernd: »Es ist kalt.«

In der Irrenanstalt hatte ein großer, blonder Arzt Zuneigung zum ihm gefasst. Wenn er durch den Flur ging, sah er aus, als habe er eine lange Kerze im Leib und trüge sie angezündet, während er mitten durch die zwanghafte Mimik der Irren schritt.

An einem sonnigen Tag erklärte der Arzt ihn für geheilt. Mariomaria war im Hof, zusammen mit den Verrückten, die man aus den Schlafsälen gescheucht hatte.

»Dein Vater kommt dich morgen abholen. Du kehrst nach Hause zurück.«

Die Vorstellung, das Irrenhaus zu verlassen, schmerzte ihn. Mit trüben Augen beobachtete er noch stundenlang die Verrückten, die an den Rissen in der Umfriedungsmauer klebten wie Kletten auf einer Karte mit Abstammungsgezweig. Einige nahmen die Haltung von Spinnen ein, von aufgehängter Wäsche, von gekreuzigten Armen. Es sah aus, als wollten sie in den Tuffstein kriechen, um sich damit zu beladen oder darin zu verschwinden.

Zu Hause überwältigte ihn die Mutter, indem sie ihm das Beste bot. Der Vater, der als ein geschlagener Mensch am oberen Tischende saß, steckte finstere Gedanken in jeden Bissen.

Was für ein Vater war er, jetzt? Es hatte weder Umarmungen noch Fragen gegeben. Er war gekommen, ihn aus der Irrenanstalt abzuholen, wie er ihn hingebracht hatte, auf dem ganzen Weg stumm. Er wirkte nicht wie ein Vater am Tag der Rückkehr des Sohnes. Ein Mann, der immer auf der Schwelle zu etwas stillstand. Mager und geschmäht, mit ein paar lächerlichen, abgenutzten Merkmalen in seiner Erscheinung, wie die vergilbten Brillenbügel und die großen rosigen, vom Schädel abstehenden Ohren. Auf dem Weg nach Hause hatten sie in den Schlingen der Stadt ein paar dürre Worte getauscht. Und die Mutter? Eine alte Frau mit einem Emphysem im Körper, die nie etwas entschied und ihn nie gefragt hatte, wie es ihm ging. Adele, die wahre Herrin des Hauses, war schwarz und rachgierig. Umberto, der Einzige, der ihn gernhatte, war verblödet, ein engelsgleicher Trottel. Also war er allein mit seinem Phantomgeschlecht.

Ein Mann, einer aus dem Vico, half ihm, sich gleichzeitig als Mann und als Frau zu fühlen. Er fing an, im »Laufgeschäft« zu arbeiten, da zog der Mann mit seiner Familie in eine andere Stadt, ohne Mariomaria etwas zu sagen. Jede Nacht ging er, eine Taschenlampe in der Hand, die Treppen des Vico hinunter. In der Via Foria nahm er ein Taxi und ließ sich in die Doganella bis vor den Friedhof bringen. Den Abschnitt der Straße hatte ihm eine Freundin aus dem Viertel Sanità überlassen, die jetzt zu alt für das Gewerbe war. In der Umfriedungsmauer gab es ein Loch. So kam man zu seinem Liebesnest … eine zerfallene Friedhofskappelle.

Innerhalb weniger Jahre hatte er das Geld beiseitegelegt, das er für den chirurgischen Eingriff brauchte. Als schöne Frau und voller Wollust war sie nach Neapel zurückgekehrt, um sich Männern aus Eis, abgestumpften, unverschämten oder schüchternen Typen anzubieten. Sie waren das eigentliche Geheimnis. Sie kamen zu ihr, um sich aus einem Gefängnis zu befreien, das in ihrem Kopf brannte wie ein Scheiterhaufen.

Zweimal hatte man sie aus dem Haus geworfen, dann hatte sie einen Unterschlupf bei der Freundin gefunden, die ihr ein Stück Straße der Doganella überlassen hatte. Als man den Vater zwischen die Gräber dort gebracht hatte, war sie in den Vico zurückgekehrt. Von ihrem Verdienst kaufte sie neue Möbel und geblümte Gardinen. Doch der Basso stank noch immer nach Feuchtigkeit und Sägemehl, obwohl dort drinnen niemand Holz raspelte.

»Weißt du, was für eine Krankheit ich habe?«

»Ja.«

»Und du fürchtest dich nicht?«

»Nein.«

»Wenn du dich nicht fürchtest, heißt das, du hast Mitleid oder bist selbst krank …«

Ich wusste keine Antwort. Ihr zu sagen, dass ich die Wirklichkeiten des Elends und des Traums suchte wie ein Spiegelbild, war überflüssig, sie hatte es schon verstanden.

Nach unserer letzten Begegnung brachte man sie ins Krankenhaus, und sie kehrte nicht mehr in den Vico zurück.

»Er ist tot, sie haben ihn nicht mal mehr nach Hause gebracht …«

Du hast es mir gesagt, Ma. Immer wenn jemand im Vico starb, warst du diejenige, die es empört verkündete, egal, wer der Tote war. Du hast einen Strauß Freesien gekauft und mir erlaubt, den Basso der Malone zu betreten.

Die Mutter saß an dem leeren Bett und stammelte: »All unsere Opfer … eine böse Krankheit …«, ohne einen Moment damit aufzuhören. Umberto hatte sich in die Ecke zwischen dem Fernseher und der Vitrine geflüchtet. Er trug einen blauen Anzug, den keiner je an ihm gesehen hatte, und fingerte nervös am Verschluss seines Uhrenarmbands herum, den er andauernd wie unter Zwang öffnete und schloss. »Er ist lose, lose!«, murmelte er zornig.

Ich blieb reglos auf der ersten Stufe stehen, die in das Zimmer von Mariomaria führte. Ich wusste nicht, wo ich die Freesien hinlegen sollte, denn in dem Zimmer fehlte der mit Blumen zu bedeckende Leichnam. Mariomarias Tod musste ich mir auf dem geteerten Gesicht von Umberto vorstellen, der immer noch mit weit aufgerissenen Augen auf sein loses Uhrenarmband starrte.

»Nehmt doch Platz … danke, danke … Umbè, hol einen Stuhl. Mama, der Kaffee …«

Adele war noch mächtiger geworden und lenkte sämtliche Tätigkeiten im Haus.

»Lasst mich machen, ich geb euch das schönste!«, sagte sie in kummervollem Ton zu den Männern des Bestattungsinstituts, die gekommen waren, sie um ein Foto der Verstorbenen zu bitten. Ein Ruck durchfuhr Adele, und eilig zog sie eine Schublade auf. Holte einen Berg Fotos heraus, die sie auf dem Tisch verstreute. Dann begann sie, Bitten um Hilfe abzuspulen, um die Welle der Scham zu verbergen, die ihr ins Gesicht gestiegen war.

»Helft mir, eins aussuchen ... Ich schaff das nicht ... Das hier ist, als wir zum Baden nach Licola gefahren sind ... Hier sind wir im Wald, hinter der Reggia. Das war bei der Erstkommunion von Umberto. Das andre da ist, als wir mit den Umbauarbeiten im Haus fertig waren ...«

Sie tat, als wollte sie eine zeitliche Ordnung rekonstruieren, Foto für Foto. Solche Fotos fanden sich auch in den anderen Häusern im Vico, sie sollten den wichtigen Tag verewigen. Auf manchen ein Streifen Sonne über den Köpfen, und auf allen blähte der Stolz die Oberkörper zu kleinen Rüstungen auf. Die Schwarzweiß-Kindheit der fünfziger Jahre. Gefolgt von der Jugend vor einer Polaroid. Damals trug die Familie Körper in Farbe zur Schau, den frisch lackierten Fiat Seicento und die Eiswaffeln.

»Hier sind wir in Bacoli ...«

Man sah das Meer eines mittelalterlichen Basreliefs, mit Wellen wie umgedrehte Halbmonde. Die Familie im Boot, bei Sonnenuntergang, ein Ausflug zu Ehren von Adele, die Arbeit im Krankenhaus Cardarelli gefunden hatte.

Die vorgetäuschte Auswahl hätte nie aufgehört, wenn die Hauskrähe Terracciano sie nicht unterbrochen hätte.

»Adè, das sind Familienfotos. Was willst du damit? Willst du die ganze Familie auf dem Grabstein zeigen? Wir brauchen eins, wo nur Maria drauf ist.«

Wieder durchfuhr ein Zucken Adele, sie griff nach einem Foto und wedelte damit, als wollte sie es vor den Gesichtern der Versammelten auflodern lassen.

»Das hier ist es! Das muss es sein, basta!«

Auf dem Bild mochte Mariomaria vierzehn oder fünfzehn sein. Er trug eine Hose und einen Rollkragenpulli. Das Gesicht war verblasst, das ganze Foto vermittelte einen Eindruck von Blendung. Es ging als schlechtes Gewissen von Hand zu Hand, niemand sagte etwas. Eine flache, sonnenbeschienene Gestalt in männlicher Pose, die Hände in den Hosentaschen und im Mundwinkel eine Zigarette.

Dies war das Foto, das Adele auf dem Grabstein anbringen ließ. Ein unterschiedsloser Mariomaria. Nicht einmal die Toten, in deren Erinnerung sie verkleidet und parfümiert war, hätten sie jemals wiedererkannt.

In der Nummer 43 des Vico dei Guantai lag der Basso der Sepe, zwei Zimmer aus Asche, die auf einen ausgehöhlten Fondaco blickten ... In der Mitte des ersten Raums hing eine chinesische Laterne von der Decke und beleuchtete einen Sessel voll räudiger Stellen, der den alten Sepe beherbergte. Er und seine Frau hatten sich verschuldet, um die drei Töchter zu unterstützten, die eine Familie gegründet hatten.

Du verzogst dich mit der Frau in die Küche, Ma, mich wollte der Alte neben sich haben.

»Habt ihr den Krieg in der Schule durchgenommen? Willst du die Geschichte vom Krieg und von der unsichtbaren Bestie hören?«

Immer dieselbe verkalkte Geschichte, jedes Mal, wenn er mich sah, jedes Mal in zwei Folgen, die vom Zweiten Weltkrieg bis zu seiner Jagdleidenschaft führten. Er brauchte die Erzählung, um sich aufzuwärmen, denn die Jahre hatten ihn zu einem frierenden Alten gemacht. Erst rieb er sich die Hände, dann ahmte er die Bewegung nach, mit der man ein Gewehr zückt. Das richtete er auf mich und stieß die lautmalerischen Silben für Schüsse aus seinem zahnlosen Mund: tatà, bum, bum!

Er hatte geschossen. Zusammen mit der amerikanischen Flugabwehr, getarnt hinter den Bäumen der Sternwarte an der Miradois-Schlucht. Maschinengewehrschüsse gegen die Stuka über Capodimonte. Jetzt gab er dramatisch die Explosionen und die Schreie der Soldaten wieder, als zwei Flugzeuge, die schwarzen Eisenschnauzen voran, auf die Eichen im Wald gestürzt waren. Nach dem Krieg war er Wächter und Jäger gewesen. Vor allem Jäger, auch wenn er Nachtschicht hatte. Drei Fabrikhallen an der Via di San Giorgio mit dem Umriss des Vulkans im Rücken. Um zehn Uhr abends begann er mit der Arbeit und hörte um sieben Uhr morgens auf. Den Rundgang machte er mit dem Hund. Der war groß und schwarz, ein stummer Hund, er hatte ihn nie bellen gehört, und zusammen mit dem Hund zu gehen war das Einzige, was ihm an dieser demütigenden Arbeit gefiel. Die Nächte verbrachte er mit dem kleinen Radio, dem Hund zu seinen Füßen und den Lichtern der am Vulkan hängenden Häuser. Seine Vorgesetzten hatten ihm eine Pistole gegeben. Eine alte Beretta, die ausgebrannt schien, aber in der Fabrik hatte er nie geschossen. Jedes Mal, wenn er das Wellblech knirschen hörte, griff er unwillkürlich nach ihr.

»Jetzt siehst du mich als alten Mann, Kleine, aber glaub mir, ich hab geschossen, sie hatten Angst vor mir!«

Wenn er nach Hause kam, schlief er zwei Stunden, dann ging er auf die Jagd. Als hätte sich auch die Karte des Himmels verändert, waren nach dem Krieg herrliche Frühlinge gekommen. Bäume voller Blüten und unbekannter Vogelschwärme. Keine Spatzen, auch keine Drosseln. Wer kennt die schon mit Namen ...

An dieser Stelle der Geschichte geriet der Alte immer in höchste Erregung.

»Ich hab die unsichtbare Bestie erlegt ... Hör zu ...«

Nie verfehlte er einen Schuss. Gott hatte ihm das Talent perfekter Zielgenauigkeit gegeben. Die getroffenen Vögel sammelte er ein und band sie zu Büscheln zusammen, die er den Leuten im Viertel schenkte. Dann ging er zufrieden nach

Hause. Er selbst aß sie nicht. Für ihn waren die toten Tiere ausgeschlachtete Wunschvorstellung und beendete Arbeit. Wenn er aus den Häusern die Rauchfahnen des bratenden Fleisches aufsteigen sah, war er zufrieden.

Eines Tages, er hatte sich bei der Sternwarte postiert, sah er ein dunkles Tier, das sich hinter den Lorbeerbüschen duckte. Er zielte und schoss. Doch als er es suchen ging, fand er nichts, nicht mal einen Tropfen Blut. Dabei hatte er das Tier doch zusammenbrechen sehen. Wo war es, und was konnte das gewesen sein?

Das war die wiedergekäute Frage, die stets das Ende der Geschichte ankündigte. Dann musterte mich der Alte, während ich in blankes Entsetzen stürzte.

Er hatte ein berechnendes Flackern in den Augen behalten, das des einstigen Jägers. Dieser Blick war unerbittlich und hielt niemanden für unschuldig. Er taxierte mich, als wollte er ergründen, wo das dunkle Tier und die Patronen seines Gewehrs geblieben waren.

Erinnerst du dich, Ma? Du kamst mit seiner Frau zurück und nanntest mir die Zahl der neuen Schuld und das Datum der Zahlfrist. Zitternd brachte ich die Rechnungen auf den neuen Stand.

Als wir hinausgehen wollten, rief der Alte mich zurück.

»Komm her, willst du Bonbons?«

Er holte sie aus seiner Hausjacke. Ich bedankte mich und floh. An der Biegung des Vico sagtest du: »Wirf sie weg!« Aber das war nicht nötig. Alle wussten, dass der alte Sepe die Bonbons lutschte, wieder einwickelte und dann den Kindern im Viertel schenkte, wie er es früher mit den toten Vögeln gemacht hatte. Die Bonbons waren für ihn wie heimliche Gewehrkugeln. Er verschoss sie mit der Spur seiner Spucke und genoss die Vorstellung, dass sie sich am Gaumen ahnungsloser Kinder auflösen würden.

Nach zwei Wochen strenger Trauer, in denen dich niemand zu Gesicht bekommen hat – nicht einmal deine späteren »Kunden«, Tetella, die Malone und die Sepe –, gehst du die Centoscale hinunter. Manchmal bleibst du stehen, Ma, und blickst dich um, denn du suchst den alten Bettler.

Vor Rafeles Tod bist du ihm jeden Morgen begegnet. Gewöhnlich saß er auf der Straße an der Kreuzung zwischen Vico Saponaro und Vico Miradois. Dann tauchte er an verschiedenen Orten hinter den Schleiern der Stadt wieder auf, wie ein Mensch, der überall zur gleichen Zeit sein kann. Sobald er dich sah, streckte er die Hand aus und versperrte dir den Weg. Er spuckte Lupinenschalen und schlüpfrige Worte aus. Anstelle des Atems kam ein Windhauch aus seinem Mund. Bevor er die Hand hinhielt, fragte er: »Wisst Ihr, wie spät es ist?« Mehrmals hintereinander, wie ein Wiegenlied, das betäuben sollte. »Weiß nicht«, antwortetest du und gingst weiter.

Wieder und wieder mahltest du deine Gedanken: die Kinder allein zu Hause, an Rafeles Krankheit hängend, die gelbliche Luft, die deinem Mann unter die Haut gedrungen war … Der Alte hatte die Macht, ausgerechnet dann zu erscheinen, wenn die Sorge gerade mit zusammengekniffenen Lippen die Kosten überschlug, das Geld für die Rechnungen, die bezahlt, und das Essen, das gekauft werden musste. Mit der ausgestreckten Hand und dem Liedchen unterbrach er deine Berechnungen, und es war, als versperrte er dir das Leben.

»Hau ab, was willst du von mir? Ich hab kein Geld!«

An manchen Frühlingstagen hast du ihn betrunken auf einer Bank in den Grünanlagen bei der Piazza Cavour gesehen. Die Sonne schien auf die geplatzten Nähte seiner Jacke und die trockene Reptilienhaut. Im Winter magerte seine Gestalt unter dem Rauschen des Regens ab und löste sich in den Kleidern auf, als bräuchte sie kein Fleisch. Dann hast du ihn nicht mehr gesehen, er verschwand während der Tage von Rafeles Krankheit.

Jetzt suchst du ihn auf den Treppenstufen der Kirchen und in den Ecken der Gassen. Du hast die Kinder und das Überwachen des Leidens zu Hause gelassen, um dich einem geheimeren Weg zu widmen.

Der Alte sitzt am Rand der Rotunde auf der Piazza dei Miracoli im Schatten der Ulmen. Du gehst auf ihn zu und steckst die Hände in die Taschen. Der Alte blickt dich an. Er hat helle Augen von diesem Himmelblau, für das es keine Buße gibt, wenn es in einer menschlichen Pupille verschlossen ist. Du reichst ihm eine Münze. Er greift danach und lächelt ein rätselhaftes Lächeln. In einer Umkehrung des Geistes möchtest du dich selbst und den Alten um ein Almosen bitten: »Bist du das, Rafè?«, stattdessen fliehst du, und während die Silhouette an den ausgewaschenen Mauern und den Spritzern der Brunnen entlanggeht, saugt sie die Phantasterei auf, die soeben verrichtete Handlung sei ein geheimer Weg gewesen, um Rafele zu erreichen und dir die Gunst der Zukunft zu sichern.

»Sie haben Pascale capa 'e vacca umgebracht! Das bedeutet Krieg, ihr werdet sehen, jetzt gibt's Krieg!«

Der Himmel war heiß, und die ganze Wohnung schwitzte in uns, als die Krähen an die Tür klopften.

»Vincenzì, wir müssen alles wegräumen. Der Krieg ist erklärt, wir wissen nicht, wer dann kommandieren wird.«

Die Terracciano und die Cerasuolo, Geldverleiherinnen wie meine Mutter, bildeten die Speerspitze des Aufmarsches. Sie blieben im Wohnzimmer, um nachzudenken und sich in der Furcht zu vermischen.

»Pasquale, der Kuhkopf, hat Musca geschützt und Musca uns. Jetzt ist die Kette zerrissen, Vincenzì!«

Sie sagten, Musca habe die ersten Drohungen erhalten, und man würde einen anderen an seine Stelle setzen, um über den Bezirk zu herrschen. Meine Mutter brauchte nur eine Nacht für ihren Entschluss. Zu unserem Besten würde sie das Geldverleihen aufgeben.

Musca verschwand. Niemand sah ihn wieder, und niemand kam, um nach ihm zu fragen.

Ich war erleichtert. Ich würde ihm nicht mehr zweimal im Monat die Tür öffnen müssen, wenn er kam, um das Schutzgeld einzuziehen. Musca betrat die Wohnung, ohne zu grüßen, mit demselben schleppenden Gang wie der Sapunaro, der durch den Vico hinkte. Er setzte sich an den Tisch im Esszimmer, trank langsam seinen Kaffee. Der Sapunaro, der den Leuten für ihr altes, wertloses Zeug Seifenstücke gab, blieb manchmal stehen. Er steckte Hand und Arm in die Spalten im Tuffstein und holte die Eisenwaren und Lumpen heraus, die er tags zuvor nicht in seinen Sack hatte stecken können. Musca trug keine dreckigen, von altem Schweiß verkrusteten Kleider, aber sein Nadelstreifenanzug bedeckte einen ähnlichen Körper. Dieselben kantigen Glieder und dasselbe Gesicht wie der Sapunaro, hohle Wangen und der Schädel mit Beulen übersät, als ginge er andauernd unter den Schlägen eines verhexten Stocks hindurch.

»Sie werden ihn umgebracht haben«, sagte Vincenzina eines Abends.

Jeden Tag blieb sie auf dem Treppenabsatz stehen, um mit den Krähen zu reden, und heraus kamen Geschichten von Salzsäure, vom Zementpfeiler, von den Höhlen zwischen Chiaiano und Marano, wo die Körper verschwanden. Musca hatte sich mit den treusten Gefolgsmännern des getöteten Bosses eingelassen, er konnte nichts anderes sein als ein lebendig begrabener Körper, und diesen Tod des Verräters hatte er verdient. Zusammen mit Vincenzina deklamierten die Krähen Vermutungen über Muscas Tod und das Vorgefühl von unendlicher Rache. Noch immer waren erregte Gerüchte im Umlauf. Annarella war einer ihrer Boten. Ich traf sie im Wurstwarenladen des Vico. Sie tuschelte mit den Schwestern Cerasuolo, und als ich eintrat, starrten alle drei mich an.

»Hast du gehört, was passiert ist? Carmine Musca ist verschwunden.«

Ich stammelte, dass ich es wisse, alle sagten, er sei tot.

»Stimmt ... Und wer hat ihn getötet?«

Was sollte ich antworten? Sein eigenes Böses und das der Stadt hatten ihn getötet. Aber sie wollte keine Antwort.

»Weißt du nichts, oder tust du nur so, als ob du nichts weißt?«

»Was meinst du?«

»Sieh dich um. Die Leute stehen Wache unter den Toren und hinter den Fenstern. Die haben Angst. Es war nicht die Camorra. Sie haben ihn hier umgebracht. Deine Mutter weiß das.«

»Meine Mutter?«

»Ja, *mammeta.* Frag deine Mutter, dann wirst du verstehen.«

Seit Musca verschwunden war, sprach meine Mutter im Schlaf wie ein klagender Baumstumpf im Märchen, und morgens stand sie mit verstörtem Gesicht auf. In all ihren häuslichen Verrichtungen gab es eine dunkle Zone, die ihre Bewegungen verlangsamte und sie schneller altern ließ. Der Teufel, der sich unters Bett verkrochen hatte, gurgelte zusammen mit ihr. Das waren Zeichen. Mehr davon schlingerten auf dem Vico, wo die Männer grollten, die Krähen in Alarmbereitschaft waren und die Gassenjungen mit roten Köpfen sich andauernd prügelten. Die Schläge meiner Mutter arteten aus. Schon für eine Lappalie hinterließen sie blaue Flecken auf den Körpern der Kinder. Doch jetzt bereute sie es. Nach dem Wutausbruch lief sie der verängstigten Brut hinterher und kam uns mit dem Befehl »geht in die Heia«, als wir noch klein waren. Nun aber geflüstert, in mitleidigem Ton, als wollte sie uns und den Blutergüssen eine vorgezogene Nacht und die Möglichkeit des Vergessens gewähren.

Ich beobachtete sie lange, bis zu dem Moment, als sie zu einer Versammlung der Krähen im Torweg des Palazzo ging.

Sie lehnte an der Kellertür. Die Terracciano redete auf sie ein: »Schluss jetzt, Vincenzì, brauchst keine Gewissensbisse haben, der war herzkrank, er musste sowieso sterben!«

Ich lief zu Annarella. Sie brachte mich in die Küche. Die Wohnung erschien mir noch ärger zermürbt, von den Schatten, dem Gestank nach sauer gewordener Milch und der hypnotischen Silhouette der vor den Fenstern sitzenden Mutter.

Ohne mit dem Abwaschen aufzuhören, begann Annarella zu erzählen. Das Geheimnis des Vico hatte das Geräusch des gurgelnden Wassers im Spülbecken. In diesem Strudel erschien die Nacht, in der Musca auf dem Weg nach Hause der Länge nach hinfiel. Ein Herzinfarkt. Sein Herz brach wie irgendein beliebiges anderes Herz. Jemand schlug im Vico Alarm. Ein Kreis aus Menschen bildete sich um den am Boden liegenden Musca, der um Hilfe rief, die Hände an den Kragen des Jacketts geklammert. Jeder blickte den anderen an, alle hatten denselben Gedanken. Niemand rief den Krankenwagen. Sie blieben gleichmütig stehen und betrachteten den Körper des Geldverleihers, der sich auf den Pflastersteinen krümmte.

»Kapierst du jetzt? Sie haben zugeschaut, wie er starb, und nichts getan. Die einen waren ihre Schulden los, andere die Angst. Du hast geschlafen? Ich nicht. Ich bin mit meiner Mutter hingegangen und hab alles gesehen.«

An die Fenster prasselte plötzlich ein höllischer Regen. Annarellas Mutter lief, um die draußen hängende Wäsche abzunehmen.

»Jesus, wie das regnet!«, murmelte sie beim Reinkommen. Sie legte die Wäsche über einen Stuhl und faltete sie sorgfältig zusammen, in einer schutzsuchenden, gebückten Haltung, als spürte sie noch die Peitschenhiebe des Regens. Als ich gehen wollte, drehte sie sich zur Tochter um.

»Was hast du ihr gesagt?«

»Was sie wissen wollte«, antwortete Annarella.

Ihre Mutter ging auf mich zu wie jemand, der Mitleid hat.

»Ist eine traurige Geschichte, denk nicht mehr dran, es musste so kommen. Hast du einen Schirm?«

»Nein, aber das sind ja ... nur ein paar Tropfen.«

»Paar Tropfen? Ein Sturm ist das! Annarè, gibt ihr einen Schirm.«

Und sie setzte sich wieder ans Fenster, Nadel und Faden in der Hand, eine Jacke ohne Knöpfe auf den Knien.

»Wo warst du? Und was ist das für ein Schirm?«

Die Wasser stürzten von den Mauern, als meine Mutter mich zu Hause empfing. Es war wie die Szenerie des Erdrutsches, die Nunziata uns in den Hypogäen beschrieben hatte. Ein Erdrutsch, der dieses Mal Dinge der Kindheit bis ans Ende der Höhlen unter der Stadt mit sich riss.

»Du glühst ja, du hast Fieber ...«

Vincenzinas Hand auf meiner Stirn. Wie hatte sie es fertiggebracht, an meine Stirn zu kommen, mich hastig auszuziehen, mich ins Bett zu bringen?

Das Gewitter dauerte die ganze Nacht. Im Traum sah ich den Vico von einem Blätterteppich bedeckt. Die Hauskrähen streiften mit den Füßen über die Blätter. Vor dem Körper von Musca blieben sie stehen und murmelten die Worte eines Zauberspruchs. Der Geldverleiher war nicht tot, er wirkte wie verhext, mit Windrädchenaugen, starr auf sie gerichtet, und dem klaffenden Riss des Mundes, der einen Teil des Sternenhimmels einsaugte. »Stirb, stirb!«, zischten die Krähen. Sie waren in Pantoffeln und Morgenmänteln aus schlabbrigem Nylon aus dem Haus gegangen. Die Seele des Traums drehte sich nach allen Seiten um. Sie suchte den geblümten, über der Brust aufgeknöpften Morgenrock. Neben dem cremeweißen der Cerasuolo entdeckte sie ihn und nannte ihn Mama, mehrmals, als forderte sie, dass ein empfindsames, gefährdetes Wesen nach ihr suchte.

Vincenzina Umbriello drehte sich zu mir um und sagte: »Was machst du hier? Du hast Fieber, geh nach Hause!« Der Traum endete mit dem Geräusch des Schirokkos und einem rennenden Mädchen. Das war ich, Rosa, mit dreizehn, die zusammen mit dem Wind ins Geheimnis der Mutter eingedrungen war.

Geheimnis war das Wesen von Vincenzina Umbriello. In ihrem Blut hatte sie es von Villaricca nach Neapel gebracht, und als sie nach Rafeles Tod mit dem Geschäft des Geldverleihs aufhörte, schleppte sie es vom Vico Unghiato ins Haus der Maiorana. Jeden Sonntag ging sie dorthin, immer nahm sie eines ihrer Kinder mit. Mindestens zwei Hoffnungen setzte sie in diesen Weg: dass Moira ein bisschen Geld für den Neffen rausrückte, der zu Besuch kam, und dass Lisa Campanini die Kinder von Rafele liebgewann und die Erbschaft gerechter verteilte. Nach dem Geldverleih klammerte sie sich an die Idee von der Erbschaft, und als sie vor dem kranken Körper von Lisa Campanini stand, wurde diese Hoffnung zur Leidenschaft.

Jetzt setzten die Geister ihr keinen Widerstand mehr entgegen. Die Dunkelheit, in der sie sich ausbreiteten, war dichter geworden, darin geleiteten sie Vincenzina durch die Zimmer wie ein Familienmitglied. Moira empfing sie im Vorraum der Küche unter dem vernickelten Licht einer alten Lampe. Von der Mutter hatte sie den wachsamen Geist einer Tempelwächterin übernommen. Der Tempel war die Wohnung, ihre Umgrenzung bildeten die Schleppen der Schatten und die mit Spinnweben bedeckten Wände. Niemand wischte mehr Staub. Als Rachelina achtzig geworden war, hatte sie ihre Herrschaft verlassen, weil sie bei sich zu Hause sterben wolle, wie sie erklärte. Und außer den Tellern, von denen sie aß, wusch Moira nichts. Ihr Körper gehörte diesen ergrauten Mauern, den wurmstichigen Möbeln und einem Glöckchen der Ferne, das von Zeit zu Zeit aus dem hintersten Zimmer klingelte.

»Ich komme schon, Mama! Vincenzì, du auch, komm mit.«

Es gab einen strahlenden Blick im Mittelpunkt der Aura aus Asche, die Lisa vom Bett aus wie ein feines Vogelnetz lenkte. Vincenzinas Seele tappte hinein, und als sie die Fänge spürte, war es schon zu spät.

»Wer bist du?«

»Vincenzina, die Frau von Rafele.«

Jedes Mal diese Frage und diese Antwort, und dann die Sitzung zwischen Nachttisch und Bett, wo der Lichtstreifen einer Lampe über die Hände von Lisa Campanini glitt.

Rafeles Mutter lebte, auf einen Stapel Kissen gestützt, im Wechsel zwischen Verwirrung und luziden Momenten. Ihre Nase war schmal geworden, das Kinn weich und die Ohrläppchen länger. Der Zopf fiel ihr aufgelöst über die Brust, und die kalkweißen Finger spielten müde mit den Löchern des wollenen Schultertuchs. Auf ihrer Haut lag eine durchsichtige, gläserne Substanz, die das Geflecht der Adern offenbarte, und Einsamkeit umhüllte die ganze Gestalt. Sie hat sich verändert, dachte Vincenzina. In diesem Körper erkannte sie die Signora auf dem Balkon nicht wieder, die ihr wie eine Königin erschienen war, die hochmütige Mutter von Rafele, die ihr einmal Geld angeboten hatte, damit sie verschwand. »Wer bist du?«, fragte Lisa abermals, als hätte sie die Antwort schon vergessen oder gar nicht beachtet. Moira flüsterte Vincenzia zu: »Sie hat Arterienverkalkung, mal ist der Kopf da, mal nicht, sag ihr ein anderes Mal, wer du bist.«

»Ich bin Vincenzina, die Frau von Rafele.«

»Rafele? Wo ist er? Warum kommt er nicht?«

Es schien, als antworte Lisas Geist einer anderen Stimme, als wiche sie absichtlich bestimmten Worten aus und griffe sich nur das eine heraus, das sie brauchte, um eine Falle zu stellen.

Moira hatte nicht den Mut gehabt, ihr zu sagen, dass Rafele tot war, und auch die anderen Kinder nicht, die sie, seit sie Familien gegründet hatten, einmal im Monat besuchen kamen.

»Ich kann es ihr nicht sagen, Vincenzì. Mama geht es nicht gut, das wäre ein sinnloser Schmerz.«

Lisuccias Kiefer begann zu zittern, und unter einer Sturzwelle verschwanden die Augen in einem Strudel, der die Gegenwart zu sein schien, aber die Betrachtung weit entfernter Stunden und Orte war. Sie war ein kleines Mädchen in einem Wald der Irpinia. Beim Spaziergang mit der Mama auf einem Waldweg. Zwischen Moosen, Bäumen und Maulwurfslöchern spazierend, gab sie den Dingen ihren Namen. Dann kehrte sie nach Hause zurück, die Hand auf dem Türriegel des Musikzimmers, wo Ninuccia, die ältere Schwester, Geige spielte. »Sie saugt mein ganzes Blut auf«, sagte Ninuccia, auf das ermüdende Üben anspielend. Und wie durch einen Zauber tauchte Lisuccias Blut als rosige Flecken auf dem Gesicht einer jungen Frau auf, die sie als Zwanzigjährige war, frisch verheiratet mit Ennio Maiorana. Die gefährliche Seite der Zeit kam auf der Hochzeitsreise, während ihres Aufenthalts an der Küste. Ennio kaufte die Vase mit der Hirtenszene, und nachts liebte er sie mit den Augen des Wandersmanns auf dem Esel, indem er erst mit dem Blick in sie eindrang. Sie erwartete ihn, verfangen in einer Mischung aus Angst und Schüchternheit. Dann kehrte sie in den Strudel zurück, und er war ein anderer geträumter Körper, vor einem Spiegel, in dem sie ihren Bauch betrachtete. Etwas Räuberisches wuchs in ihr. In dieser Zeitwelle gefangen, holte Lisuccia eine schlaffe, ziegenartige Brust heraus und mimte das Stillen in derselben Haltung wie die Wöchnerin auf dem Bild, das im Salon hing, ein Geschenk von Ennio zur Geburt des ersten Kindes. So wollte Ennio sie, eingerahmt in die Mutterschaft, unter einer allesumhüllenden Bettdecke.

»Wo ist Rafele? Warum kommt er nicht?«

Ein unendlicher Augenblick verging, dann begannen die Augen zu schlenkern, forschten am Boden, als suchten sie eine zerbrochene Brille. Sie kehrten in den Tag zurück, als sie Filomena gebar, und sie schlüpfte unter die Lider eines anderen Wesens. Das umsorgte und hätschelte sie. Als der Tod kam, warf sie den Rosenkranz auf den Boden und schrie Moira an: »Du bist nicht meine Tochter, du bist nicht meine Tochter!« Das Gespenstlein beobachtete ihren gierigen Schmerz und nährte sich davon. Lisuccia versenkte den Mund im Kissen und küsste es. Das Gespenstlein zückte die Tränen der Mutter wie eine Waffe und schickte sie ihr in die Augen zurück, um sie abermals hervorquellen zu sehen. Dann rammte es Lisa die Idee in den Kopf, dass Seufzer und Selbstgespräche zwischen den beiden hin und her gingen wie eine jahrhundertealte Gewohnheit.

Von diesem im Zeitstrudel versunkenen Bewusstsein wusste Vincenzina nichts, doch eines Tages erkannte sie, dass die sterbende Lisa Campanini sich die Erinnerung an den Hass bewahrt hatte. An einem Sonntag sagte Moira zu ihr: »Bitte wasch du sie, ich telefoniere.«

Als Vincenzina sich dem Bett näherte, fürchtete sie, Lisa würde sie wegjagen, wie sie es manchmal bei der Tochter tat. Doch Rafeles Mutter blieb stumm und reglos. Sie zog ihr die Unterhose und die Windel aus. Das hatte sie bei Rafele gemacht, als ihrem Ehemann nur noch wenige Stunden Leben blieben, und sie dachte, dass diese mit entspanntem Schließmuskel und leerer Blase verbrachten Stunden auch die letzten für seine Mutter sein müssten. Mit dem Fingernagel kratzte sie ihr ein paar Schorfschuppen von den Leisten, dann rieb sie kräftig über die gelblichen und violetten Stellen dieses Körpers. Die Farben des Verschwindens. Die hatte auch Rafele, als er starb, das Violett um eine Dekubituswunde und das Gelb überall auf der Haut. Sie streute ihr Talkumpuder in die Körperhöhlen. Sie richtete sie auf, die Kissen im Rücken. Sie verknotete das Band des Schultertuchs, zog ihr wollene Pantoffeln an die Füße, flocht ihren Zopf. Als wollte sie die Zeit dieser Pflege verlängern, packte Lisa Vincenzinas Hand und verlangsamte ihre Bewegungen. Dann schloss sie die Augen und legte den Kopf auf das Kissen.

Das war der richtige Moment.

Meine Mutter ging zum Sekretär, öffnete ihn lautlos und fing an, in den Schubladen zu wühlen. Wie eine Diebin. Das Möbel stank nach den Medikamenten, die sich seit Ennios Zeiten hier drin befanden. Es gab zwei Fuchskragen, das Päckchen Feldpostkarten, die Doktor Maiorana während des

Krieges geschickt hatte, Lisas Schmuck, die Armbanduhr des Gatten, bestickte Bettwäsche und Vorhänge aus Leinen. Im Geist verteilte Vincenzina: Das ist für Lisa, das für Rosa und Giulietta, für Nando die Uhr, ein Fuchsschwanz für mich ...

Sie hörte das krächzende Gejammer und schob die Schubladen mit einem Ruck zu. Als sie sich umdrehte, wurde sie durchbohrt.

Lisa hatte sich von den Kissen erhoben und starrte sie an. Sie brauchte einen Moment, um die Worte der Verachtung zu wählen und sie ihr ins Gesicht zu spucken. »Für dich nichts! Für dich nichts!«, zischte sie mit einer dämonischen Konzentration. Meine Mutter antwortete mit einem anderen bösartigen Hauch: »Doch, für mich! Für mich!« Und sie floh aus der Wohnung wie damals. Filomenas ätherischer Körper folgte ihr wie ein Rabe bis zur Tür.

Atemlos blieb sie auf den letzten Stufen der Centoscale stehen, in der Nähe des Basso von Tetella.

»Kommt rein, trinkt ein Glas Wasser«, sagte Tetella, die Mannfrau.

»Nein danke, es ist nicht mehr weit«, antwortete meine Mutter. Auf der kurzen Strecke zwischen der Treppe und dem Haus Nummer 53 bildete sich ein kleiner Geleitzug. So kam sie an, begleitet von Tetella, Emilia, der Signora Sepe und Umberto, alles Leute, denen sie früher Geld geliehen und das Blut ausgesaugt hatte. Als sie die Tür öffnete, standen sie schräg hinter ihr wie ein schlafwandelnder Chor. Sie verabschiedete sich mit einem beschämten Lächeln, und die Gruppe ging ohne ein Wort davon, mit der Miene von Menschen, die selbstvergessen etwas Heimliches getan hatten.

»Habt ihr gehört? Die Sachen sind im Sekretär ...«, wiederholte meine Mutter stundenlang. Und dann: »Nicht vergessen: sechs Halsketten, acht Ringe, sieben Armreifen, zwölf bestickte Bettlaken und sechs Leinengardinen. Vergesst das nicht, wenn mir was zustößt ...«

An diesem Samstag im Oktober 1969 hatte der Herbst die Reihen wilder Mandarinenbäume ausgezehrt, die eingezwängt im Zement der Gehwege wuchsen. Die Stadt bereitete sich darauf vor, die schlafende, kindliche Atmosphäre zu empfangen, die die Sonntage ankündigt. Unter den Füßen von Vincenzina Umbriello knisterten Blätter und Holzstöckchen wie Dinge, die endlos zerbrochen werden. Meine Mutter ging die Via di Capodimonte hinunter, um Blumen im Laden eines Sohns der Terracciano zu kaufen.

Orchideen in der Mitte, drum herum Rosen und abschließend ein Kreis aus Gladiolen.

»Ein prächtiger Kranz, Vincenzì! Was schreiben wir auf die Karte?«

Den Namen des Adressaten diktierte Vincenzina mit einem Fünkchen Befriedigung. Die Beileidsformel schlug ihr der Blumenhändler vor, und sie willigte ohne Zögern ein: *Für Lisa Campanini, verwitwete Maiorana, mit tiefempfundenem Beileid und in herzlichster Zuneigung ihrer untröstlichen Schwiegertochter Vincenzina und den Enkeln Lisa, Rosa, Nando und Giulietta.*

Die Maiorana würden sprachlos vor Staunen sein, wenn sie die Pracht und Schönheit des Kranzes sahen. Während sie in die Via Foria einbog, stellte sie sich vor, wie der Kranz über die Treppen getragen wurde, groß und majestätisch, in zwei Hälften geteilt von der breiten Schleife in Kardinalspurpur, auf der die Beileidskarte angeheftet war.

Im Hause Maiorana standen Türen und Fensterflügel zum ersten Mal weit offen. Vincenzina sah die Möbel, die Statuen und Teppiche, begleitet von einer Reihe Atemzüge, die sich wanden, wenn sie vorüberging. Die Geister ließen sie ungehindert durch diese Szenerie aus Staub und Sonne gehen. Sie betrat das Eheschlafzimmer und sah Lisa Campanini. Dieselbe Gestalt wie am Vortag, lang ausgestreckt und hager unter der Decke, die Hände auf der Brust, die Lider bläulich, die Stirn aus Gips. Sofort nach Lisas Ableben hatten Vincenzina und Moira sie gewaschen und angekleidet. Sie sah eher wie ein Gemälde aus als wie eine tote alte Frau, wie der Gedanke an eine Malerei, die jemand zwischen dem Kissen und dem Fußende des Bettes zurückgelassen hatte. Gestorben war sie mit einem plötzlichen Hochschnellen des Oberkörpers und einem dumpfen Aufprall, als wäre eine Hälfte des Körpers gefallen, während er aufflog.

Als Lisa Campanini starb, hatte Vincenzina ihre Rechnung gemacht: vier Falten am Hals, zehn Altersflecken auf den Handrücken, ein Schwanken in den Augen, das nur Sekunden gedauert hatte. Sie empfand keine Liebe für diesen Körper und konnte ihn nicht anflehen, sie zu lieben, darum war sie wieder geflohen, dieses Mal, indem sie sich nicht vom Fleck rührte, zwischen den Schatten des Hauses sitzen blieb. Zu verloren in der Leere und im ungläubigen Staunen, dass dieser Tod Mitleid in ihr weckte.

In der Luft lag der Gestank von Nikotin und gebratenen Zwiebeln, als ich am Tag meines sechzehnten Geburtstages in die Wohnung der Maiorana ging. Ich war ein Geist auf der Flucht vor der Gewalt und vor dem Märchen, das du, Ma, immer noch den Herzen deiner Kinder einflößtest. Die Strecke vom Vico Unghiato bis zur Via Duomo hatte ich in einem irrsinnigen Lauf zurückgelegt. Die beiden Pole deines Kampfes, zwischen denen auch deine Kinder hin und her geworfen wurden wie klägliche schwärmerische Wünsche. Atemlos kam ich vor der Tür der Maiorana an und klopfte, um Hilfe zu erbitten, in der Hoffnung, mein Leben in Sicherheit zu bringen, wie du es damals getan hattest. Moira, die von den Geistern erdrückte Schwester meines Vaters, empfing mich erfreut.

Durch ihre Augen fuhr ein Licht. Vielleicht konnte sie es kaum glauben, dass ein junges Leben sich zu dem ihren gesellte, dem vertrockneten und von der Welt abgesonderten. Sie war um die fünfzig, hatte die lockigen Haare einer alten Puppe und die schwarz angelaufenen Zähne der starken Raucherin. Eine misanthropische Jungfer, von Angst und Misstrauen genährt. Sie beschützte den Stillstand der elf Zimmer, durch die eine Art Verzicht auf das Leben gegangen war. Die Zimmer ließ sie verriegelt, wie ihre Mutter es getan hatte.

Ich versuchte, mir die paranoiden Ängste der Maiorana einzuimpfen, und um Moira zu gefallen, gab ich vor, sie ebenfalls zu haben. Da begann sie, mir ihre Geheimnisse zu erzählen. »Geheimnisse« nannte sie die Momente ihres Lebens, in denen sie gelogen oder auf etwas verzichtet hatte. Sie sagte, sie habe Demenz vorgetäuscht, um eine Pension zu bekommen. Vor der ärztlichen Untersuchungskommission hatte sie einen Tremor gespielt und Spasmen, als sie unterschreiben sollte, und auf mehrere Fragen hatte sie mit leerem Blick und sinnlosen Sätzen geantwortet. Dann war da der Ingenieur gewesen, der sie heiraten wollte, ein Freund von Berto, der mit seinen bewundernden Blicken an ihr klebte, wenn er zu Besuch kam. Lisa Campanini hatte sich nach allen Regeln der Kunst dagegen gewehrt. In den Reden der Mutter war der Mann die Verkörperung der Arroganz und einer läppischen Karriere.

Sie hatte ihn nicht vergessen. Ganz hinten im Familienalbum gab es ein Foto von ihm, das er Moira ein Jahr nach Lisas Tod geschickt hatte. Der Ingenieur hatte ein gutmütiges Gesicht und war groß. Dieses Foto stellte einen Ruf ohne Antwort dar.

Moira konnte ihm nicht schreiben, ich denke immer an dich. Die versäumten Antworten der Maiorana auf das Leben befanden sich im Hinüber, einer parallel zu den Zimmern verlaufenden Sphäre, und wie ein vom Blitz getroffener Geist war sie seit ihrer Kindheit überzeugt, dass eine unüberwindliche Kraft sie in einer komplizierten Ewigkeit an die Wohnung gekettet hatte.

Eines Tages sagte sie: »Jetzt zeige ich dir die wahre Liebe.«

Sie zeigte mir Ennios Karten von der Front. Die Jahrgänge 16, 17 und 18. *Liebe Lisuccia …* Ihr Vater habe sie geschrieben, um in die Seele und den Körper seiner Frau zu blicken, sagte sie. Das hätte sie auch gerne bei dem Ingenieur getan, aber ihr habe eine innere Dimension gefehlt, eine Sehnsucht wie die des Vaters, und so hatte sie das Gefühl in der Angst, es zu leben, aufgebraucht.

Dann hatte es den nächsten Krieg gegeben. Als die Sirenen heulten, brachte der Vater sie in den Schutzraum, und sein Herz war in drei Teile zerteilt. Ein Teil gehörte den in einer Friedhofskapelle versteckten Söhnen, der andere der halsstarrigen Ehefrau, die sich auch in der größten Gefahr weigerte, die Wohnung zu verlassen. Der letzte Teil war sie, die jüngste Tochter. Ennio Maiorana schleppte sie in die unterirdischen Grabstätten, mitten durch die fliehende Menschenmenge. Unter dem Tuffsteingewölbe drückte er sie fest an sich und sagte manchmal: Es ist gleich vorbei, es ist gleich vorbei …

Moira steckte die großen Schlüssel ins Schlüsselloch, und die Türen öffneten sich mit einer Art Leidenslaut.

Das Zimmer von Rafele und Leopoldo. Der schielende Christus. Der große Salon. Das Arbeitszimmer von Ennio Maiorana. Das Elternschlafzimmer. Das Klavierzimmer. Das beredte Ächzen der geschlossenen Fensterläden …

Vielleicht war es die Leere der Waise, die mir half, mich einzufühlen. Ich trat in die Seelen ein und spielte sie. Der Geist von Lisa Campanini hatte auch jetzt noch Angst vor der Welt, der von Ennio Maiorana war gedemütigt. Er bewahrte sich noch immer die Idee einer uranfänglichen, in jedem Geschöpf verborgenen Wunde. Diese Gespenster wurden zu den Rissen meines Bewusstseins, zusammen mit der Illusion, dass es mir endlich gelungen war, zu fliehen, dass ich den Vico Unghiato und den Würgegriff deines Elends hinter mir gelassen hatte. Unseres Elends, Ma. Du hattest mich damit infiziert wie mit einer Lebensphilosophie. In den Zimmern der Maiorana entdeckte ich, wie tief sie in meinem Wesen verwurzelt war.

Die Wohnung sah nicht viele Besucher. Jeden Sonntag kamen die Eheleute Migliaccio, alte Freunde der Familie, Liebhaber von Antiquitäten. Sie spielten Karten und sprachen über Politik und Neapels Diebe. Manchmal forderte Moira sie auf, ihr in Lisas Zimmer zu folgen, dann gingen sie auf Zehenspitzen hinter ihr her, ohne ein Wort zu sagen, als fürchteten sie, in die Intimsphäre der Wohnung einzudringen.

Moira ist vor zehn Jahren gestorben. Mit einem kalkigen Gesicht und strohigen Haaren. In den letzten Jahren war sie verwirrt. Sie hatte eine Pflegerin, die jeden Tag eine Schlacht schlug, um sie zu waschen und zu füttern. Ihre Schreie waren zu Verwünschungen geworden. Noch immer verteidigte sie die Wohnung und die Gespenster wie ein Geheimnis aus Ewigkeit. Lisa und ich waren bei ihr am Tag, als sie starb. Der todbringende Atemzug, den sie ausstieß, klang genau so wie der kindlich leise Seufzer des Vaters, wenn er seine Dialoge mit der Mutter beendete. Meine Schwester machte einen Sprung rückwärts und rief aus: »Sie ist tot, sie ist tot!«, staunend, als wäre es unmöglich, sich vorzustellen, dass sie aus der Wohnung gerissen war.

Als man sie wegbrachte, machte ich mich daran, in den Schubladen zu wühlen, denn ich hoffte, dass etwas vom Schatz der Maiorana übrig geblieben war. Die Punkte auf deiner Karte, Ma, die Kästchen mit zerschlissenem Samt, die aus Moiras Händen in die Taschen der Migliaccio gewandert waren. Ich fand nichts. Nicht einmal die bestickte Bettwäsche und die Vorhänge. Die Freunde der Familie hatten im Halbdunkel des Eheschlafzimmers über den Preis verhandelt, und Stück für Stück war der Schatz verschwunden.

Mit diesem Nichts kehrte ich zu dir zurück, den Schatten meines Vaters im Herzen.

Im letzten Stock des Vico Unghiato 53 gab es eine beschämte Vincenzina Umbriello, die sich freute, dass die Tochter zurückgekehrt war. Seit dem Tag der Flucht hatte sie nicht aufgehört, auf ihre Art nach ihr zu rufen.

»Rosaaa, Rosaaa! Bleib stehen, wohin gehst du?«

Jetzt war Rosa zurückgekommen, aber Vincenzina träumte jede Nacht von ihrer Flucht. Sie spürte eine Lanzenspitze im Herzen, und im Traum begleitete die Glyzinie mit den abgefallenen Blütenblättern ihre Tochter entlang der Mauer bis zur letzten Stufe. Sie sah, wie ihre Gestalt an der steilsten Stelle der abschüssigen Straße zerbröckelte, und rief nach ihr. Ein-, zwei-, dreimal. Die Tochter blieb nicht stehen. Es schien, als ließe das Gefälle sie in einen Abgrund stürzen und als bewegten die Pflastersteine sich unter ihren Füßen wie die Rückenwirbel einer riesigen Schlange.

»Rosaaa! Rosaaa! Bleib stehen ...«

Viel weiter unten, in den Schichten, in denen der Traum das Bersten der Wirklichkeit imitiert, murmelten Figuren, die vom Dunkel in den Bassi erbleicht waren: »Komm her, Rosaaa. Hör nicht auf deine Mutter. Komm, komm her ...« Da nahm Vincenzina einen dramatischen Anlauf, um sie zu erkennen und zu bekämpfen, und fand sich vor vielen Gesichtern wieder, die unter dem Mond des Vico wie poröse Masken aufgereiht waren. Die Masken von Tetella, Mariomaria, Sepe ...

»Was suchst du, Vincenzì? Du hast dir unser Blut genommen, jetzt nehmen wir uns Rosa ...«

Die Angst, dass die Tochter Schaden nahm, wenn sie in die Häuser des Vico ging, überwältigte Vincenzina, und sie konnte sich nicht verzeihen. Sie selbst war es ja gewesen, die Rosa mitgenommen hatte, Basso für Basso.

Es nützte nichts, im Traum zu schreien, *Iatevenne*, haut ab, das ist meine Tochter! Rosa klammerte sich an diese elenden Körper, als hörte sie ihren verzauberten, urtümlichen Lockruf.

Das konnte Vincenzina nicht zulassen. Es gelang ihr, Rosas Hand zu ergreifen und daran zu ziehen, als fiele die Tochter in einen Brunnen. Beider ganzes Leben war auf den Rand dieses Brunnens konzentriert. Rosa hatte ein finsteres Gesicht und Schwermut im ganzen Körper.

Im Kummer dieses Moments dachte Vincenzina an den Bauch. An einen gewaltigen Bauch, aus der Nacht hervorgekommen, der ihren und Adelìs Bauch enthielt. Eine Höhle aus Fleisch, die Föten erzeugt hatte, um sie einem endlosen Unglück zu bestimmen.

»Ein Schwert aus Sonne, Vincenzì. Ist mir in die Brust gegangen, da bin ich gefallen.«

Adelì ist auf der Tenne, wo sie die Wäsche aufgehängt hat, der Länge nach zu Boden gestürzt. Herzstillstand, aber Vincenzina hat sich gedacht, dass eine dunkle Seele, wenn sie in den Tod eingeht, auch glauben kann, vom Licht getötet worden zu sein.

»Mir geht's gut«, hat die alte Mutter noch flüstern können, bevor sich der grimmige, unbewegte Ausdruck des letzten Atemzugs auf ihr Gesicht gesenkt hat.

Die Kinder sind eines nach dem anderen an ihr Bett getreten. Sechs Mädchen und vier Jungen, eingeschüchtert vor dem Skandal der toten Erzeugerin.

Iolanda hat ihr einen violetten Rosenkranz zwischen die Finger gesteckt, der nach Veilchen riecht. Nach dem vorgeschriebenen Abschiedsgruß an die Großmutter hat Vincenzina uns auf den Hof getrieben und in einer aschgrauen, verworrenen Sphäre zurückgelassen. Dort hinten sind die Kaninchenställe, die Kirschbäume und eine unbekannte Kinderschar mit gesenkten Blicken.

»Das sind eure Vettern. Der hier ist Pascalillo, der da heißt Antonio wie sein Vater, das sind die Zwillinge, die Töchter von Zia Giovanna ...«

Ein Dutzend verschlagene Gesichter.

Der Wohnraum hat sich nicht verändert. Es fehlen die Pritschen der Söhne, die erwachsen und gegangen sind, aber geblieben sind der Zementboden, die an Nägeln in der Wand hängenden Kleider und das große Bett mit einer überirdischen Adelì in der Mitte. Lange betrachtet Vincenzina die Hände und den Mund dieses Körpers. Die angsteinflößenden Hände sind jetzt zur Vortäuschung eines fügsamen Gebets verschränkt. Die Lippen haben sich zurückgezogen, ans Zahnfleisch geklebt und ein Loch voll Getuschel aufgerissen.

Niemand ist bei ihr, Brüder und Schwestern stehen im Hof verstreut, um die Besucher zu empfangen, und ihre Kinder sind hinten auf der Tenne. Im großen Raum, der in einen psychischen Mechanismus verwandelt ist, legt Vincenzina das Ohr an den Mund ihrer Mutter. Sie will den gespenstischen Atem hören.

»Vincenzì, was machst du da?«

Iolanda steht hinter ihr, sie ist mit dem lautlosen Schritt von damals hereingekommen, wenn sie nach dem Treffen mit ihrem Geliebten tief in der Nacht heimkehrte.

»Iolà, hör auch mal.«

Beide legen das Ohr an Adelìs Mund.

»Hast du gehört?«

»Hm ... wie eine Muschel ...«

»Sprechen wir ein Gebet, Iolà?«

»Ja, machen wir.«

Die beiden Schwestern beten, im selben Sog verzaubert, vergessen sind die Blutergüsse, die Wunden und die Scherenstiche, die Adelì ihnen in all den Jahren zugefügt hat.

Draußen schlägt ein Junge, der sich hervortun will, mit dem Spaten auf die Hinterbacke des Esels und gegen den Maschendraht des Kaninchenkäfigs. Der Esel macht einen Sprung und rennt laut iahend auf die Felder, die Kaninchen flüchten sich in die Ecken des Käfigs. Da erscheinen die Brüder von Vincenzina Umbriello unter einer glühenden Sonne auf der Tenne und tragen Adelìs Sarg auf den Schultern, umgeben von den Echos des Eselsgeschreis.

Nach der Rückkehr aus Villaricca erschien der Vico Unghiato wie ein versteinerter Ort. Er weitete sich auf dem kleinen Kirchplatz und endete mit einem verhexten Mäuerchen, auf dem die Katzen einschliefen.

Du hattest verschleierte Augen, als du ihn betrachtet hast, Ma. Zu Hause hast du lange geschwiegen, doch dann hast du das Gesicht der guten Momente gemacht. Hast den Vorhang der Geschichten wieder geöffnet und erzählt, wie Iolanda aus dem Irrenhaus zurückkam.

Im Wohnraum in Villaricca bürsteten die Schwestern Wolle, um die Kissen für den Frühling neu zu füllen. Iolanda beobachtete sie voll Bewunderung. Du hast ihr die Locken gekämmt und Italia ihre Zehennägel geschnitten. Iolanda war noch ein bisschen verblödet, aber sie erkannte allmählich, dass sie ein unbändiges Gelächter im Haus hervorrufen konnte. Es genügte, wenn sie die Verrückten im Irrenhaus nachmachte. Die Schwestern hielten sich den Bauch vor Lachen, und die Brüder bedachten sie bei jeder unzüchtigen Bewegung mit wollüstigen Blicken.

Iolanda liebte es, die Schwestern im Kreis um sich versammelt zu sehen, sie waren zu schönen und listigen Frauen herangewachsen, konnten aus den zerschlissenen Kleidern blühendes Fleisch hervorholen.

»Iolà, erzähl nochmal, zeig sie uns!«

Und Iolanda mit den hundert Dämonen im Hirn, die ihr das Gedächtnis in starke Trunkenheit verwandelten, ließ sich nicht lange bitten. Sie mimte einen schlaftrunkenen Gang und den Exorzismus, den eine völlig erschöpfte Frau an sich selbst auf der Mauer des Irrenhauses vollzog.

»Das war eine, die rieb sich mit einer verfaulten Zwiebel über den Bauch und schrie: ›Schwankt eine Frau beim Gehen und ist keine Nutte, kann sie nur des Teufels sein!‹«

Auch sie war des Teufels gewesen. Sie war über die Dorfstraße gegangen und hatte mit den Hüften gewackelt. Aber daran erinnerte sie sich nicht. Im Irrenhaus hatte »des Teufels sein« sich in eine heimliche, reuige Flamme verwandelt, die ewiger Kampf zu bedeuten schien. Von dieser Fahrt in die Hölle erinnerte sie sich nur an die Atemnot, die sie jede Nacht zermürbte, ein inneres Toben, das erst aufhörte, als der mit Beruhigungsmitteln vollgestopfte Körper sich in tiefer Lethargie verschleiert hatte.

Wenn sie mit den Schwestern sprach, wechselte sie vom erloschenen Blick zu komischen Verwünschungen. Sie spürte, dass die Familie sie als ein schwindelerregendes Wesen aufgenommen hatte, dass die Schwestern sie sich geheimnisvoll und noch immer zerrüttet vorstellen wollten.

»Und Amalia, die immer gebissen hat, Iolà?«

»Amalia spielte Wolf und sagte zu allen, jetzt fress ich dich, jetzt fress ich dich!«

Das Heulen gelang ihr gut, es klang genau so wie der Lockruf, mit dem Adelì die Kinder auf den Feldern zusammenrief. Dann ahmte sie alle anderen in den Körpern der Verrückten eingeschlossenen Tiere nach und beendete das Spiel mit einem entrückten Blick.

»Was hast du den ganzen Tag da drin gemacht, Iolà?«

»Ich hab mich in einem Vico verirrt ...«

»Welchem Vico?«

»Weiß ich nicht. Es war ein sehr, sehr langer Weg ...«

Sie hatte ihren verletzten Geist nach Hause gebracht und die Bereitschaft, ihn wie eine beendete Narrenposse für die Schwestern aufzuführen. Manchmal sagte ihr der Kopf, »niemand kann mir mehr Angst machen«, und der Körper bekam wieder Mut, sich die Natur zurückzuholen. Adelì hatte ihr sofort den Mann vorgestellt, der gekommen war, um um ihre Hand zu bitten. Als sie ihn erwartete, hatte sie ihre Seele einer Macht unterworfen, die sie wegbringen sollte.

»Iolà, hast du die Aussteuer gesehen? Maria hat deine Buchstaben draufgestickt ...«

Verflochten mit dem S von Salvatore, dem Schuster, prangte das I von Iolanda auf der Bettwäsche der Aussteuer. Allein im Raum, tastete sie über die Initialen der Namen. I wie die wiederzuerweckende Iolanda, und S wie Salvatore, der Verlobte, der sich vor ihr verbeugt hatte wie ein verschüchterter Diener.

Sie erzählte den Schwestern vom Gedanken an den Tod, dabei setzte sie sich in die Mitte des Bettes und beschrieb die Tage, an denen sie die Nahrung verweigert hatte.

»Ganz dünn war ich geworden, nur noch Haut und Knochen.«

»Denk nicht mehr dran, Iolà, jetzt heiratest du, freust du dich?«

Doch ihr Körper war noch immer die Legende einer verängstigten Frau, die am Tag mit den Schwestern alberte und »die ganze Nacht«, sagte meine Mutter, »aufrecht mitten im Bett saß«.

Ich habe die Bildchen aus meinem Leben neben deinen gesehen, Ma. Rosa auf dem Land in Villaricca, Rosa auf dem großen Balkon der Familie Maiorana, Rosa, die gerade Lehrerin geworden ist, Rosa im Brautkleid, Rosa neben ihren Kindern und einem Mann, Rosa als Mutter und Rosa als Witwe mit demselben unruhigen Geist, derselben Erschöpfung, demselben Mitleid wie du, Ma. Auf der Rückseite Jahreszahlen, geschrieben mit fröstelnden Ziffern. Jahreszahlen, die eine nach der anderen auf den Boden fallen.

Zu Boden gestürzt ist auch die Geschichte von Giovanni, Ma. Jetzt will ich dir erzählen, wie ich mich selbst in seinem Ende beobachtet habe.

Im Flur des Krankenhauses riecht es nach verbrannter Milch, als ich den Fahrstuhl nehme, um ins erste Untergeschoss zu fahren, zusammen mit der Tragbahre, die eine Lunte an meinem Kopf geworden ist.

»War das Euer Mann, Signò?«

»Ja, das war mein Mann.«

»Habt Ihr Kinder?«

»Zwei, einen Jungen und ein Mädchen.«

»Dann lasst Euch nicht entmutigen, Ihr müsst an die Kinder denken.«

Ich gebe dem Leichenträger ein Trinkgeld, bevor wir ankommen. Der Mann transportiert mich auf einem dreirädrigen Wagen bis zu dem Raum mit den Marmortischen. Er ist kräftig, trägt Arbeiterkleidung und hat ein listiges Gesicht.

Giovannis Leichnam haben sie hinter uns auf das Wägelchen gelegt. Es streift die Zementpfeiler, holpert über die Löcher in den unterirdischen Gängen, und die Räder machen das Geräusch einer zerquetschten Melone.

Vor der Schwelle bremst der Träger abrupt. Zwei Männer erscheinen, die den Leichnam nehmen und auf die Marmorplatte legen müssen.

»Kommt herein, Signò, kommt …«

Ich bleibe allein vor Giovannis Füßen. Streichle sie. Sie sehen aus wie in die Luft graviert. Ich weine vor der Einsamkeit, die sie hinauslassen. Zerschlagen von der Nacht. Die präzisen Abläufe der Spülungen, die Waschschüssel, das Säubern, der Wäschewechsel. Giovanni schämte sich und sagte: »Entschuldige, bitte entschuldige.«

Die Blicke der anderen habe ich nicht wahrgenommen. Erst im Morgengrauen habe ich sie gesehen, als Giovanni in ein zähes Murmeln verfiel, als diskutierte er feindselig mit einem Gegenüber. Die Kranken wandten die Augen nicht von seinem Bett, ihre Verwandten starrten auf die Linoleumstreifen am Boden. Bringt ihn nach unten, hat ein Arzt gesagt, und ich bin hinter der Tragbahre hergerannt, im Wettlauf mit den Rädern.

»Signò, entschuldigt bitte, wir müssen gehen …«

Der Träger versucht einen traurigen Ausdruck auf seinem listigen Gesicht.

Zurück in seinem Zimmer, sammle ich die Wäsche der Krankheit ein und stecke sie in einen Sack. Ich möchte nicht, dass Chiara und Giuseppe sie sehen, ich werde ihn unterwegs in den ersten Müllcontainer werfen.

Beim Säubern des Nachttisches staune ich darüber, dass eine alte Apfelsine den Tod eines Menschen perfekt abbilden kann. Während Giovanni das komatöse Murmeln ausstieß, hatte er sich zum Nachttisch umgedreht und dabei heftig mit den Beinen gestrampelt, wie ein Verurteilter vor dem ungerechten Urteilsspruch.

Giovannis Gott. Der Gott der alten Apfelsine im fahlen Licht der Neonröhre mitten an der Decke. Vielleicht hat Giovanni ein Gebet an ihn gerichtet, bevor er starb.

Du weißt es, Ma. Meine Kinder begannen, Giovannis Krankheit verstohlen zu beobachten, so wie ich es bei meinem kranken Vater getan hatte. Eines Tages ließ Chiara sich von einer Hoffnung auf Genesung inspirieren.

»Lass uns nach Baia fahren, Mama, oder auf die Hütte in den Bergen. Papa liebt diese Orte, da wird es ihm bestimmt besser gehen.«

Chiara dachte an die sonnigen Sonntage, wenn wir mit dem Chaos unserer Leben im Rücken losfuhren, um nirgendwo zu bleiben.

Vor dem Strand von Baia gab es eine große Klippe. Chiara und Giuseppe nannten sie »die Insel«, um sich daraus ein ewiges Traumbild zu machen. Die Erosion hatte den Felsen in Form einer Schildkröte ausgewaschen. Giovanni brachte uns mit dem Schlauchboot hin, dann fuhr er von einer Spitze zur anderen, auf der Suche nach Kraken. Er verpackte den Fang und legte ihn vor einer Schlucht ab. Der Eingangsbogen einer Höhle, in der tiefes Dunkel herrschte. Die Kinder wollten hinein, Giovanni sagte, versucht das ja nicht, ihr bleibt irgendwo stecken, und niemand kann kommen, um euch herauszuholen. Chiara wollte nicht aus dem Wasser. Giuseppe kletterte bis auf den Hals der Schildkröte und schrie von dort oben: »Ich springe, ich springe!« Und er sprang beherzt. Ich beobachtete meine Tochter im Wasser, ein schwarzer Punkt bei der am weitesten entfernten Boje, und den Sohn, der mit seinen spitzen Schlüsselbeinknochen, den großen Füßen und einer Kraft ins Meer fiel, die während des Sprungs einen Vogel aus ihm gemacht hatte.

Der Tag eines ergiebigen Fangs. Sechs Kraken, ein weiches, griesgrämiges Gewirr, das sich im Plastik schlängelte. Giovannis kranke Zellen waren noch nicht alle nekrotisch. Sie hatten Sonne bekommen und zusammen mit den Kindern Schwimmstöße gemacht. Auf der Rückfahrt hielten wir vor der stillgelegten Fabrik, in der Giovanni zweiundzwanzig Jahre gearbeitet hatte. Der Wachmann war noch da, ein verkrümmter Alter mit den Beinen eines Jockeys, der sich beeilte, uns das Tor zu öffnen, als wären die Fabrikbesitzer von einst oder das Überfallkommando mit Ermittlungsrichtern angekommen.

»Was für eine Freude, *ragionìè*, großartig seht Ihr aus! Signora, *guagliù*, kommt rein, Kinder, kommt ...«

Das Tor öffnete sich auf eine leere, randlose Weite. Der Wachmann machte für uns den Führer durchs Nichts. Geblieben waren der Würfel der Portiersloge und ein Schienennetz, das zu amorphen Lichtungen führte. Über die Schienen seien früher Karren und Güterwagen gefahren, sagte Giovanni. Sie hatten Schwefelkies und Unbehagen transportiert. Jetzt entgifteten sie einsam vor sich hin, das Meer stank und hatte an diesem Küstenabschnitt eine andere Farbe angenommen, ein morastiges Grün, das den unheimlichen Widerschein des Stahls enthielt.

Giovanni schenkte dem Wachmann eine der Kraken. Dann neckte er ihn.

»Wer bezahlt dich eigentlich? Wer bezahlt dich dafür, dass du einen Friedhof bewachst?«

Der Mann lachte. Man sah einen goldenen Backenzahn.

Er blickte uns an, als erwarte er von uns die Antwort. Chiara und Giuseppe balancierten auf einem Rohr. Giovanni sagte: »Geht sofort da runter«, dann betrachtete er wieder das aufgeschlitzte Stahlblech und die Schienen, die ins Nichts führten.

»Sie haben das Geld ins Ausland gebracht, stimmt's?«, sagte er zum Wachmann. »Sie unterhalten dich und den Friedhof so lange, bis sie den Trick perfektioniert haben, das ganze Geld verschwinden zu lassen. Malaysia, Thailand, was? Weißt du gar nichts darüber?«

Der Wachmann antwortete, nein, er wisse nichts. Sie gaben ihm »als Privatmann« alle zwei Monate etwas Geld. Das kam ihm gelegen, damit unterstützte er seine Kinder und Enkel. Er bedankte sich für die Krake, sagte, er werde sie mit Knoblauch und Peperoncino zubereiten, denn das sei der Tod, der ihr gebührt. Dann lächelte er, und wieder sahen wir seinen Goldzahn.

»Ein paar Jahrhunderte werden vergehen«, sagte Giovanni im Auto, »und dann werden diese Ruinen und diese Katastrophe vielleicht sogar ihr Gutes haben.«

»Es ist vorbei. Signora ist gestorben …«

Vreau să-mi dai gura,
dulce Zaraza,
să-ma imbeti mereu.
De a te sarutare, Zaraza,
vreau să mor si eu …

Jahrhunderte sind nicht vergangen, aber die grausame Hand des Schicksals hat vieles entstellt, Ma, als Zarazas Lied meine Geschwister und meine Kinder im dritten Stock des Hauses Nummer 53 im Vico Unghiato empfängt. Gekommen sind: Nando, Lisa, Giulietta, Chiara und Giuseppe. Draculas Sprache gleitet wie eine Verzauberung über ihre Gesichter.

»Lied ist von betrunkenem Mann«, sagt Carmen. »Geht so: Ich will, dass du mir sagst, schöne Zaraza, wer dich geliebt hat, wie viele für dich geweint haben und wie viele gestorben sind.«

Giuseppe küsst mich auf die Stirn, dann streichelt er mich furchtlos. Giulia wählt eine geschützte Stellung, lehnt sich in einer Zimmerecke an die Wand wie ein kleines Mädchen, das zur Strafe in der Ecke steht. Chiara bleibt stumm, als könnte etwas Blitzartiges auch sie treffen und fortbringen. Nando betrachtet mich verwirrt. Lisa sagt zu Carmen: »Wir nehmen die Pikeedecke, die ist schöner.« Sie schwenken die Decke sorgfältig und breiten sie über dem Bett aus.

»Ich hebe Kopf und Schultern und Ihr Füße«, befiehlt Carmen.

Sie wechseln mein Nachthemd, weil ein muffiger Geruch aus dem Bett aufsteigt. Carmen wäscht mich. Sie pudert die Achseln, Leisten und Füße mit Talkum. Das Nachthemd fällt bis zu den Schienbeinen glatt herab, ohne Falten im Rücken und Knitter im Spitzenbesatz zu hinterlassen.

Jemand murmelt meinen Namen als begliche er seine Rechnungen mit einem Geheimnis. Zunächst scheint mir, als wäre es die ruhige Stimme von Zio Berto, dann lässt der Wind ein kleines Porträtfoto in einem Einschlagpapier aus dunklem Orange am Fenster vorüberfliegen. In der Mitte der Körnung bist du, Ma, gealtert. Die Stimme ist deine.

»Komm mit mir«, flüsterst du. »Mach schnell. Es sind geheime Dinge, die nur du sehen darfst.«

»Ma ...«

»Hä?«

»Meine Krankheit hat vor vielen Jahren begonnen«, sage ich.

»Welche Krankheit?«

»Die Angst, Ma. Die Ärzte haben ihr einen anderen Namen gegeben, aber es war die Angst.«

»Jetzt sollst du nicht mehr dran denken«, erwiderst du.

Mein Gespenst geht hinter deinem an der Mauer des Vico Unghiato entlang. Das Besuchergeleit aus den noch lebenden Hauskrähen und ihren Männern marschiert langsam zwischen den Bassi hindurch. Im Hintergrund entdecke ich Emilia. Sie besucht die Toten, als ginge sie auf ein Dorffest. Alt ist sie geworden, ihre Stirn ist ein Blättchen aus Falten und ihre Haut veilchenblau wie die Farbe dick aufgetragener Theaterschminke. Sie geht so, wie sie seit der Vergewaltigung geht, mit gerecktem Hals in einer stolzeren Haltung. Manchmal kratzt sie sich an der Scham, dann lacht sie schallend, als hätte sie ausgerechnet an dieser Stelle einen Anreiz für Komik entdeckt. Ich würde sie gern fragen, was aus unseren Kleidern geworden ist, aber ich höre wieder deine Stimme.

»Los, beweg dich, komm, komm ...«

Ich folge der Reihe Blumentöpfe und dem Erdrutsch, der Bierkorken und Brennnesseln mit sich reißt, bis sich unter uns die vom Regen durchtränkte Stadt wie ein befriedetes Gebiet öffnet. Breite Straßen führen bis ans Meer, und das Licht fügt die Häuser in ein Mosaik voll schlaftrunkener Menschen. Auf dem Marmor der Brunnen bilden das Wasser und das Moos Ablagerungen in Form von Helden und Tieren. Die Kulissen der bombardierten Häuser halten sich mit großer Unlust aufrecht. Es muss ein Tag im Jahr 1947 sein, denn die Menschen gehen an den Rändern der noch von Trümmern verschütteten Gassen. Bettler stehen an den Straßenecken und auf den Kirchentreppen, strecken die Hand aus und werfen denen, die zu wenig gegeben haben, böse Blicke zu. Die Gassenkinder laufen durch die Fondaci, als wären die Straße und das Licht eine Abfolge von Schleiern, die durchlöchert werden müssen.

Du bist schön und jung, Ma. Du gehst mit Rafele in dieser Welt spazieren. Blickst in die Schaufenster und lachst, weil das Schicksal dir jetzt wie ein Geschenk erscheint und nicht auf dir lastet. Die Adern der Decumani enden auf der Piazza del Mercato, wo sich um die Marktstände die Stapel der Körbe häufen und die Silhouetten der großen Spanier in den Tuffstein getrieben sind.

Du bist leicht wie eine Feder, und Rafele hält dich zurück. Du trägst das schöne Kleid, neue Schuhe, dein Körper ist frisch gewaschen. Dir wird schwindlig, und du sagst: »Stimmt das auch, ist das immer noch der richtige Weg? Haben wir uns verlaufen, Rafè?«

Als du auf dem Vico dei Cristallini unter dem Eingang zum Basso von Sisina stehen bleibst, ist da eine Staubwolke.

»Hast du das gesehen, Rafè? Sie kommt, was habe ich dir gesagt? Nur so können wir es machen, sie muss uns folgen, dann wird sie unser Elend besser verstehen ... Gehen wir, Rafè ...«

Du kommst an eine Brücke, die von zwei Pfeilern gestützt wird. Unter der Brücke sehe ich meinen Lehrer und meine Klasse, die vierte Grundschulklasse der Vor- und Grundschule des zehnten Bezirks.

»Maestro, wo gehen wir hin?«

Ich höre die Stimme von Ciro Cerasuolo. In der Reihe der Kinder mit den orangen Mützen sehe ich Rosa als kleines Mädchen. Sie geht Hand in Hand mit Annarella, die auf den Pflastersteinen hüpft. Allen Kindern voranmarschierend, wedelt der Lehrer Nunziata mit einem bunten Stock, damit sie ihm folgen.

»Hier ist es, seht ihr?«

Er erklärt, dass der Hügel an dieser Stelle in einem Ausläufer endete, und dort löste jeder Sturm einen Erdrutsch aus. Er sagt, auf dem abschüssigen Gelände habe es überall Gärten, Ziegen und Hühnerställe gegeben, und alles sei wie bei einer Sintflut in die Tiefe gerissen worden. Einen Augenblick lang sehe ich den Strom aus schwarzem Schlamm, der in seiner Wut Gehege und Tiere mit sich reißt. Doch dann wird die Straße fröhlicher, gleitet wie ein Band unter den Füßen dahin. Ich gehe durch die von Waren und Motoren überschwemmten Gassen voller Menschen, die mit der Pantomime des Verkaufens und Kaufens beschäftigt sind. Mitten in dieser müden, lüsternen Menge entdecke ich dich, du läufst zwischen den Marktständen herum und streitest mit denen, die dir aufgeplatzte Sardinen verkaufen wollen, ohne dir im Preis entgegenzukommen. Rafele geht hinter dir her wie ein Pilger.

Unterdessen hat die Reihe der Kinder vor dem Eingang zum Basso von Sisina haltgemacht. Rosas Gesicht ist blass und ihr Schulkittel weiß. Auf die Frage »Wo gehen wir hin?« antwortet der Lehrer Nunziata: »Wieso, wo gehen wir hin? Ich hab's euch doch gesagt, unter die Stadt, wo die Welt von früher ist ...«

Unter den Gewölben des jahrhundertealten Tuffsteins macht Annarella Schlitze mit ihren Augen. Sie legt sich auf ein Bett aus Stein und fragt Rosa: »Traust du dich hier reinlegen?« Nunziata zieht Ciro Cerasuolo, *'a scigna*, die Ohren lang, dann übersetzt er die an die Wand geschriebenen Worte. Hinter ihm lachen die Kinder im Echo des Tuffsteins.

Ich bleibe allein zurück. Nehme all meinen Mut zusammen und lege mich dorthin, wo Rosa, das Kind, es nicht gewagt hat.

Dann verschwinden die Stadt und das Meer urplötzlich, und es bleiben nur der Rand eines Mäuerchens, wenige borstige Bäume und ein Vico. Auf dem Mäuerchen, mit denselben schlafwandlerischen Schritten wie früher, Annarella.

»Willst 'ne Zigarette?«, fragt sie ein junges Mädchen Rosa, das neben ihr auf den Pflastersteinen geht.

Auch Annarella ist nicht mehr klein. Der ausgestoßene Rauch verbreitet sich in der Luft, als vergrößerte er die Geheimnisse.

»Tut mir leid, das mit deinem Vater. Was will man machen, so ist das Leben ...«

Und sie fängt an, von dem Vater zu erzählen, den sie nie kennengelernt hat, und von der verrückten Mutter. Sie sagt, dass die Mutter, bevor sie nach Capodimonte kam, am Stadtrand gewohnt hat, in Secondigliano, dass sie sie mit einem Gespenst gemacht hat, einem Mann, von dem sie ihr nie was erzählen wollte, außer dass er Enzyklopädien verkauft hat, und dass er sofort verschwunden ist, als sie ihm gesagt hat, sie sei schwanger. Die Mutter ist nicht völlig verrückt, wie die Leute im Vico sagen, sie reden nur schlecht über sie, weil sie fast nie spricht, und wenn sie mal einen Satz rausbringt, sind die Worte immer hysterisch oder angewidert, als antworte sie auf ein quälendes Verhör. Der Vater ein Gespenst und die Mutter fast stumm, so ist sie aufgewachsen, sagt sie.

Dein Gespenst taucht am Ende des Mäuerchens wieder auf, Ma. Du murmelst: »Das Herz ist zersprungen, und die Vergangenheit ist verworren.« Und zeigst mir ein Zimmerchen unter der Erde. An der Decke hängt eine Leuchte. Das helle Licht hypnotisiert die Wände mit einem Fächer aus Schatten.

Ich sehe, dass mein Vater einen Nagel in der Hand hält. Er sagt, den braucht er, um auf dem frischen Stuck zu schreiben. Du fragst: »Was musst du schreiben, Rafè?« »Den Abschiedsgruß und den heiligen Fluch«, antwortet mein Vater. Du bist nicht gebildet, du kennst diesen Teil des Rituals nicht, bei dem man den Menschen verfluchen muss, der versucht, das Grab zu rauben und hier einen anderen Körper statt meinen hineinzustecken.

Dieser Staub unter der Stadt hat etwas Vertrautes. Du setzt dich in eine Ecke, um die Sardinen zu salzen, und das Zimmerchen füllt sich mit Fliegen. Mein Vater ordnet das Obst in den Schüsseln: die Granatäpfel, die Weintrauben, die Quitten. Du verschließt die Sardinentöpfe mit einem Stück Holz und einem Gewicht aus Marmor. Dann spuckst du einen Bissen auf den Boden und fängst an, die Geschichten der Gassen zu erzählen: die Seuchen, die Kriege, die hingeschlachteten Menschen und die fleischlichen Scheußlichkeiten. Mein Vater sagt: »Hör doch auf, Vincenzì, so kann sie sich nicht richtig ausruhen, sie schläft nicht ein.« »Sie soll ja nicht schlafen«, entgegnest du. »Sie soll verstehen, wo sie ist.«

Ich weiß, wo ich bin. Ich bin tot.

»Fass mich an, Ma«, sage ich.

Seit langer Zeit warte ich auf deine Hand. Sie erscheint, ohne zuzuschlagen, faltig und mit dem zweifachen Ehering der Witwenschaft. Du streichelst mich. Gehst in eine Ecke. Hockst dich hinter die Schüsseln und die Sardinentöpfe.

Das Zimmerchen hat drei brennende Kerzendochte, ein Bett, den Sekretär aus unserer Wohnung, frische Erde, Obst aus Terrakotta und gemalte Vögelchen an den Wänden.

Mein Vater ist der älteste Bewohner. Er hat mich gezeugt

und schließt mich wieder ein, indem er sich auf diesen Nagel versteift, der im Stuck kratzt.

»Rafè, bist du fertig?«, fragst du.

»Gleich, ich bin gleich fertig.«

»Was hast du denn geschrieben?«

»Hab ich dir doch gesagt, den Fluch und den Gruß. Kannst du nicht lesen?«

»Ich sehe nicht gut ... Lies du.«

Mein Vater liest alles in einem Atemzug, aber plötzlich stockt er.

»Und weiter, Rafè?«

»Der Gruß.«

»Lies doch!«

»Addio, meine Tochter.«

»Wie bitte?«

»Addio, meine Tochter.«

»Unsinn, addio! Wir sind doch jeden Tag hier, wir ziehen sie groß, bringen ihr zu essen, sie wächst heran, geht zur Schule, wenn sie alt genug ist, wird gebildet, heiratet einen guten Mann und ...«

»Vincenzì ...«

»Hä?«

»Willst du nochmal von vorn anfangen, hat es dir nicht gereicht?«

Du tust, als würdest du nicht verstehen, und antwortest nicht. Ordnest das Obst in den Schüsseln um, die Granatäpfel oben, der Rest darunter, du gießt Öl in die Leuchten, fegst den Boden. Zuletzt verscheuchst du die Fliegen, indem du mit einem Lappen wedelst: »Ksch, ksch!« Dann gehst du zum Sekretär, wischst den Staub ab und öffnest ihn.

»Komm her, sieh dir das an, Rafè …«

Vor Freude keuchend, voller Hoffnung reichst du Rafele das kleine Porträt, in dem sich dein Leben verbirgt.

Rafele schenkt dir ein zärtliches Lächeln und du ihm das schüchterne Geschöpf.

Die Anziehungskraft, die von der Körnung ausgeht, ist stark. Du verschwindest mit ihm in dem kleinen Bild, das euch verschlingt.